A Morada dos Deuses

A Morada dos Deuses

Um repórter nas trilhas do Himalaia

CARLOS TRAMONTINA

Sá editora

CAPA
Thereza Almeida

PROJETO GRÁFICO
Thereza Almeida e Lilian Queiroz

CONSULTORIA DE ARTE
Hélio de Almeida

FOTO DE CAPA
Carlos Tramontina

MAPA
Sírio J. B. Cançado

PREPARAÇÃO DE TEXTO E REVISÃO
Cláudia Cantarin e Isabel Cury

DIAGRAMAÇÃO
Lilian Queiroz

FOTOLITOS
FTW

IMPRESSÃO
Bartira Gráfica e Editora S/A

Dados Internacionais de Catalogação na Publicação (CIP)

Tramontina, Carlos
A morada dos deuses: um repórter nas trilhas do Himalaia / Carlos Tramontina. – São Paulo: Sá Editora, 2004.

ISBN: 85-88193-22-1

1. Tramontina, Carlos. 2. Romance de viagem. I. Título.

CDU – 82-311.8

SÁ EDITORA
Calçada dos Mirtilos, 22/3º andar – Barueri/SP
Tel./Fax: (11) 5051-9085 / 5052-9112
atendimento@saeditora.com.br
www.saeditora.com.br

Para meu pai, Armando
in memoriam,
que me ensinou que
responsabilidade é um
dos fundamentos
da dignidade humana.

E a Rosana, Caio e Nathália,
pelo carinho e estímulo
que sempre manifestaram
à minha ida ao Nepal.

Sumário

Agradecimentos

Por mais que eu tivesse um caderno de anotações sempre à mão, seria impossível relembrar tudo o que aconteceu, ou pelo menos a maior parte dos acontecimentos dessa viagem, sem a "conivência" dos meus companheiros de trilha. Além de "parceiros do frio", eles foram amigos, solidários, dividiram comigo seus momentos tristes e alegres. Graças a eles, resgatei detalhes da nossa passagem pelo Nepal e reconstruí o nosso caminho, rememorei lugares, datas e acontecimentos.

Assim, tenho muito que agradecer a Angela Maria dos Santos, Hideko Yamanaka, José Hélio Baraldi, Manoel Morgado, Marcelo Marchiano, Natália Augusta Gastaldo, Regina Augusta Gastaldo, Renato Manhães Caliman e Suely dos Reis Medaglia.

Recorri também a dois especialistas em montanhismo: Paulo Rogério Coelho e Helena Guiro Coelho, alpinistas brasileiros de larga experiência e absoluta idoneidade entre os que freqüentam há anos as cristas geladas da cordilheira do Himalaia. Paulo e Helena nunca deixaram de atender meus inúmeros telefonemas e e-mails e de esclarecer minhas dúvidas. A eles devo a checagem cuidadosa, nas fontes mais confiáveis do montanhismo, de muitas informações contidas aqui.

Merece agradecimentos a ajuda que recebi dos funcionários das lojas Acampamento Base e Pé na Trilha. As indicações precisas que me deram foram determinantes na escolha da vestimenta e dos equipamentos que levei na viagem. Mais tarde o material mostrou-se absolutamente eficiente no desempenho das tarefas que propus cumprir.

Por fim, não poderia deixar de citar a leitura atenta dos originais feitas pelo amigo José Castilho Marques Neto. Suas considerações ponderadas e críticas valiosas me levaram a muitas correções de rota, atalhos, retirada de algumas informações e inclusão de outras.

PARQUE NACIONAL
DE SAGARMATHA
Kalla Patthar
5500 m
Gorak Shep
5140 m
Pyramid
4970 m
R. Lobuche Khola
Chhukhun
4730 m
Dingboche
4410 m
R. Imja Khola
Deboche
3710 m
Thamo
3493 m
Khunde
3840 m
Namche Bazar
3440 m
PARQUE NACIONAL
DE MAKALU-BARUN
Toktok
R. Dudh Koshi
Lukla
2840 m
Katmandu

Nas trilhas do Himalaia

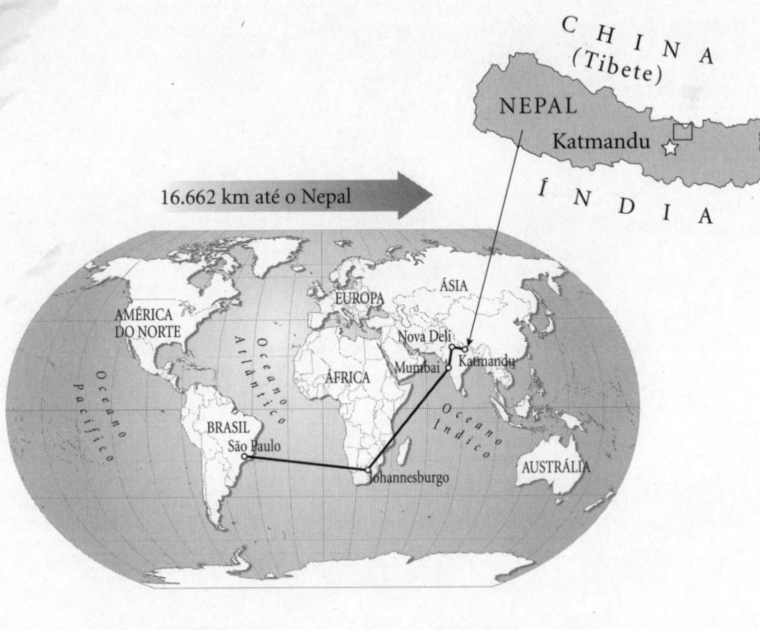

Abandone as suas intenções de magoar os outros
E faça o melhor em benefício de todos
Se cada um se sentir comprometido com isso
Vamos desfrutar de um grande banquete de paz!

Oração escrita pelo Lama Geshe,
do monastério de Pangboche,
situado na trilha da montanha divina
Jomo Lognma (monte Everest)

Parte 1

Rumo às alturas

Por muito tempo após meu retorno do Nepal não me cansei de contar fatos que testemunhei ao longo de quase um mês de viagem, desde as contradições e problemas religiosos, políticos e administrativos do país até as dificuldades dos turistas estrangeiros que se aventuram pelas montanhas geladas, o banho na neve, a sujeira, o sofrimento com o frio, a comida...

Seja por motivos profissionais, seja em período de férias, as viagens são momentos especiais na vida das pessoas. No primeiro caso, indivíduos não escolhem o destino, apenas cumprem tarefas, muitas vezes a contragosto. Em férias, porém, os passeios acabam revestidos de significado especial. As pessoas procuram lugares em que nunca estiveram para experimentar "o novo", ou retornam a países por onde já passaram para reeditar sensações de alegria e bem-estar.

Independentemente do tipo de viagem que cada um realiza com maior ou menor freqüência, todo mundo tem o seu "sonho" de viagem, que foge aos roteiros conhecidos e previsíveis, escapa das expectativas dos familiares ou nem inclui a participação deles. Esse "shangri-lá" pode envolver aventura, riscos, o ato de romper padrões – e até tudo isso junto – e tem como característica a liberdade de estar só, de resolver sozinho o que fazer, de ditar consigo mesmo os passos que serão dados, de conquistar momentos especiais. Paradoxalmente, esses "cantos" são quase sempre lugares distantes, difíceis de serem alcançados e que muitas vezes exigem uma condição financeira especial. Por tudo isso, são deixados de lado, postergados para quem sabe um dia serem alcançados.

A viagem a um lugar miserável da Ásia, como é o Nepal, distante, exótico, diferente e com uma enorme riqueza cultural, religiosa e étnica, desperta a atenção para "aquela viagem" que cada um, um dia, sonha fazer.

Não pode ser outro o motivo de toda a atenção que recebi para contar os detalhes, as dificuldades, a forma de vida, o dia-a-dia da população, o trabalho, a alimentação, o clima, a neve, o gelo e o frio. Os olhos dos ouvintes, sempre vívidos, demonstraram fascinação pelo que estava sendo contado e reverência por alguém que viveu uma série de experiências difíceis, maravilhosas e inesquecíveis. "Gostaria de estar lá, mas jamais passaria por tudo o que você enfrentou", foi o comentário mais recorrente que ouvi.

Este livro é um relato do que eu e outros oito brasileiros vivemos em quase um mês no Nepal, dividindo o espaço físico, cooperando nas tarefas básicas, sofrendo nas atividades mais simples e compartilhando emoções sem fim.

Idéia maluca

A primeira reação das pessoas quando ficavam sabendo que eu ia para o Nepal era de incredulidade. "Himalaia? Monte Everest?", não cansavam de repetir, enquanto tentavam entender minha escolha por um destino pobre, frio e sem conforto. Ouvi também muitos comentários do tipo "O que você vai fazer lá?", ou "Você está louco, não dá pra ir para mais perto?". Um amigo perguntou, bem-humorado: "É promessa?".

Tudo começou alguns meses antes, em julho de 2002, no vale Nevado (Chile). Pela primeira vez eu esquiava com minha família, e as montanhas geladas provocaram em mim um fascínio arrebatador. Elas eram enormes, imponentes, cobertas pela neve, dominavam a região e determinavam o comportamento dos seres humanos ao impor as condições climáticas.

Havia tempo vinha pensando nas montanhas. Li muitos livros sobre alpinismo e escalada, e sentia que existia nelas algo que me chamava, um magnetismo que, sem saber por quê, me atraía. No Chile essa sensação se cristalizou. Minha única estada em montanha fora no norte da Itália, muitos anos antes. Na região de Cortina d'Ampezzo, quase na fronteira com a Áustria, tomei uma espécie de bondinho parecido com aquele do Pão de Açúcar e alcancei o topo da Marmolada. Foi meu primeiro contato com a neve a cerca de 3200 metros de altitude. Andei um pouco no platô, a princípio meio inseguro por afundar e escorregar naquela superfície estranha, fofa. Usava tênis e logo eles ficaram encharcados. A blusa, que não era adequada para a temperatura baixa, e as calças jeans, que estavam geladas, me impediram de ficar muito tempo ao ar livre. Tive condições apenas de tirar algumas fotos e acompanhar com o olhar o movimento dos esquiadores, que com suas roupas coloridas deslizavam do cume para a base da montanha, escorregando rapidamente pelas encostas cobertas de neve. Aquela experiência na neve não me assustou; ao contrário, foi um contato atraente, estimulante, que deixou marcado um momento. A estada nos Andes, doze anos depois, reacendeu o gosto pelas montanhas geladas, trouxe de volta o prazer pelas paisagens gigantescas – enfim, foi o que faltava para me fazer tentar um salto maior.

Tão logo resolvi seguir para o Nepal, percebi que a minha decisão era apenas o começo de uma longa história. Precisava comunicá-la à família, ouvir as opiniões e, quem sabe, conquistar apoios. Todos os anos, minha mulher, meus dois filhos e eu viajamos juntos, e a minha ida para a Ásia alteraria completamente essa regra. Teria que antecipar as férias, iria sozinho e naquele ano estaria fora da jornada familiar. Minha mulher, porém, sempre acreditou que "as pessoas não devem adiar planos que consideram importantes, e que a vida deve ser vivida no melhor de cada momento"; mas, dessa vez, os fatos eram outros, com conseqüências dentro de casa. Para minha surpresa, a reação foi melhor do que eu poderia esperar. Talvez no primeiro momento eles não tenham percebido o tamanho da empreitada em que eu me metia, ou não possuíssem muitas informações sobre o Nepal, ou até imaginado que o tempo me faria repensar, refletir sobre minha resolução, e "quem sabe alterar o destino ou cancelar a idéia maluca". Se pensavam assim, erraram, mas não tentaram me dissuadir. Desde que "enfiei aquilo na cabeça", passei a viver o Nepal permanentemente e, ainda que só tivesse informações por livros, o assunto povoava minha mente dia e noite.

Quem me leva? Como eu chego lá? Rotas? Preços? Problemas? A preparação física e o equipamento? Amigos que conhecem o assunto ou que já viajaram para aquela região me deram várias dicas e, à medida que eu me aprofundava na pesquisa pela internet, foram surgindo muitas alternativas. Operadoras de turismo, guias, datas de embarque...

As melhores épocas para a viagem ao Nepal são a primavera (março e abril) e o outono (outubro e novembro). Nesses períodos, o clima é seco, o céu exibe um azul intenso na maior parte do tempo e a visibilidade nas montanhas é magnífica. À noite a temperatura cai e em altitudes mais elevadas fica bem baixa. No restante do ano as viagens não são recomendadas. O clima nepalês é o de monções, com três meses de chuva, da metade de junho à metade de setembro. No fim do ano o inverno rigoroso torna as caminhadas extremamente arriscadas porque o país fica coberto pela neve, sem contar que a maioria das rotas é fechada. Dependendo do período, o cenário varia: no começo do ano há muito mais neve e gelo pelo caminho e, conseqüentemente, o número de montanhas cobertas de branco é bem maior. Já no segundo semestre, o verde das plantações ocupa uma vasta área, as flores são encontradas com mais facilidade e o terreno rochoso é visível em todo lugar. Quanto à temperatura, em abril e outubro os termômetros registram dois ou três graus a mais que em março e novembro.

Descobri também que só existem duas alternativas de hospedagem pelos caminhos do Nepal: as barracas e os *lodges*, pequenos abrigos de montanha, rústicos, desprovidos de qualquer conforto e com latrinas construídas do lado de fora do alojamento.

Outra decisão que teria que tomar, e logo: viajar sozinho e lá contratar um guia ou me engajar num grupo formado antecipadamente? Ter brasileiros ou estrangeiros como companheiros de caminhada? O mesmo valia para a empresa que organiza o passeio – daqui ou do exterior?

Optei, primeiramente, por uma viagem em grupo. A perspectiva de percorrer um país distante e diferente, por um longo tempo, em condições adversas, sozinho, ou acompanhado só por um guia e um carregador, não me agradava. Depois, escolhi empresa e guia brasileiros. Isso tornaria a comunicação mais fácil e me permitiria receber uma quantidade maior de informações. Assim, teria a oportunidade de perguntar tudo, a qualquer momento, sem precisar suportar cara feia ou má vontade. Guias americanos e europeus muitas vezes mostram apenas o básico, e eu pretendia muito mais do que isso. Por fim, a data: escolhi o começo do ano, o que me daria seis meses para me preparar fisicamente e para montar toda a infra-estrutura necessária. Parecia que meu esquema inicial estava perfeito. Aos poucos, no entanto, descobri que havia muito mais a fazer do que eu pensava antes de embarcar.

A preparação física era algo que me preocupava. Não sou atleta, mas um esportista que cuida da saúde. Eu me submeto a avaliação médica anual, sigo uma alimentação saudável, com muitas frutas, verduras e legumes, e evito alimentos gordurosos ou pesados, sem excluir uma picanha ou uma bebida alcoólica, especialmente no fim de semana. Além disso, pratico atividades físicas com regularidade. Mesmo sabendo que o meu estado físico geral poderia ser considerado mais do que satisfatório, somente isso não bastava. O Nepal exige muito mais de quem penetra nas suas entranhas. Nas longas caminhadas, a resistência é fundamental, o sobe-e-desce constante nas trilhas coloca à prova a força dos músculos e das articulações, sobretudo tornozelos e joelhos, as costas têm que estar preparadas para carregar certa quantidade de peso. O pior é o ar rarefeito. Todos os relatos de alpinistas traçavam um quadro aterrorizador sobre os efeitos da baixa pressão e da redução da quantidade de oxigênio em grandes altitudes. Eu precisava me preparar para enfrentar estas dificuldades.

Primeira providência: uma avaliação física. No Instituto de Avaliação Física do Esporte, em São Paulo, fui submetido a um teste ergoespirométrico, sob o olhar atento do fisiologista Renato Lotufo, especialista em medicina esportiva. Passei por um eletrocardiograma e por uma avaliação da minha capacidade aeróbia. Pela primeira vez usei uma máscara presa à cabeça que serve para medir o consumo de oxigênio do organismo em situação de esforço. O equipamento é utilizado por atletas que praticam esportes de alta performance nos exames em início de temporada, e eu só o conhecia por fotos. Incomoda e dificulta um pouco a respiração. Ao mesmo tempo que corria na esteira, eletrodos presos ao meu peito registravam a atividade cardiovascular e, em vários momentos, foi colhido sangue de meu dedo para verificar a quantidade de ácido láctico produzida pelo organismo.

Com os resultados em mãos, procurei o professor de educação física Carlos Caltabellotta, para que me orientasse num treinamento que resultasse em uma evolução na minha condição física geral e garantisse uma caminhada pelas montanhas em um estado satisfatório. Ao tomar conhecimento das características da viagem, o professor decidiu que o treinamento seria à base de corridas e musculação e preparou uma programação mensal de atividades, com indicações de tempos e distâncias, objetivos que eu deveria cumprir e metas que teria que alcançar. As corridas começaram na primeira semana de outubro de 2002. Às segundas e quartas-feiras, quarenta minutos na esteira; às terças, fortalecimento muscular com pesos; às quintas, treino específico com o professor; os sábados eram reservados para dez quilômetros de corrida. Descanso às sextas e aos domingos.

Eu treinava pela manhã e dedicava o tempo livre restante para encaminhar outras tarefas igualmente importantes: pensar em quem iria me levar para lá, a melhor rota a ser utilizada, equipamentos. Ao lado de toda excitação e ansiedade que me faziam vibrar, existia uma séria preocupação: até que ponto a guerrilha maoísta que estava de volta ao país, atacando e matando, poderia estragar meus planos?

Nunca tinha acampado, dormido em barraca ou trailer, nem sou praticante de turismo ecológico. Descobrir cachoeiras, visitar cavernas e lugares desse tipo também não fazia parte dos meus hábitos de lazer. Ao contrário, sempre me hospedei em hotéis estrelados e confortáveis, que garantem bem-estar e tranqüilidade.

O jornalismo já tinha me levado a viver situações incômodas como enfrentar, por dias seguidos, ferroadas doloridas de insetos na selva amazônica. Mas, ao decidir pela viagem ao Nepal, acabei rompendo com meus próprios padrões e assumindo desafios: a distância, o desconforto e o sofrimento físico.

Não poderia prever o fim dessa história, sabia apenas como ela começava, mas precisava tentar. Por isso mergulhei de cabeça, com determinação, sem medo, conscientemente disposto a enfrentar o desafio integralmente.

Perdendo o sono

O Nepal é um dos países mais pobres do mundo. A população de 23,4 milhões de habitantes (em estimativa de 2001) sobrevive da agricultura de subsistência, e 60% não sabem ler nem escrever. Vive-se com muita dificuldade, o saneamento básico é precário e não existe tratamento de água nem rede coletora de esgoto. Num quadro de tantas carências, guerrilheiros maoístas oriundos de uma cisão do Partido Comunista-União Marxista Leninista encontraram um campo fértil para desenvolver suas ações. O interior do país foi a região escolhida por eles para seus ataques: fica distante da capital e o ambiente de pobreza é campo fértil à pregação de idéias de mudanças. Desde 1996, mais de 10 mil pessoas morreram nos choques com os rebeldes, incluindo milhares de civis e soldados do Real Exército do Nepal, além de guerrilheiros. O grupo, que diz lutar contra os proprietários de terras e contra a corrupção, pretende transformar o país numa república comunista no estilo imposto por Mao Tsé-Tung à China na década de 1950. Os maoístas querem o fim da monarquia, a criação de uma "democracia popular", a eleição de uma assembléia constituinte, tudo sob a mediação da Organização das Nações Unidas (ONU), o que lhes garantiria o reconhecimento internacional. O discurso pode parecer antigo aos ocidentais, mas faz sentido para uma população muito pobre que convive também com uma monarquia parlamentarista que pouco ou nenhuma participação política permite ao povo.

Em novembro de 2002, as notícias divulgadas pelas agências internacionais me assustaram. Um violento ataque da guerrilha tinha resultado em mais de cem mortos. Naquela ocasião, os maoístas invadiram um povoado a seiscentos quilômetros da capital, Katmandu, e usaram civis como escudos; o Exército reagiu, e no confronto morreram 55 guerrilheiros, 37 soldados e 26 civis. A cada manchete dos jornais brasileiros eu me arrepiava. Não era o primeiro episódio desse tipo e reforçava a sensação de instabilidade política reinante no país que eu havia escolhido para ser meu próximo objeto de conquista. No ano anterior, em 2001, o príncipe herdeiro do Nepal, Dipendra, matou toda a família – o rei Birendra, a rainha Aishwarya e outros membros da realeza – e em seguida se suicidou.

Uma informação que consegui logo depois, porém, reduziu um pouco meu temor. Numa entrevista para um analista internacional em Washington, Baburam Bhattarai, segundo líder na hierarquia da guerrilha, afirmava que os turistas estrangeiros estariam seguros no Nepal, que não seriam incomodados pela luta armada, nem no presente nem no futuro. Era a declaração que eu precisava ouvir. Serviu para me tranqüilizar, funcionou como uma espécie de salvo-conduto ao qual eu me agarraria a partir de então para respirar aliviado – ainda que o bom senso pudesse sugerir o contrário – e a muleta necessária em que me apoiaria para responder a todos os que me questionavam sobre os riscos da viagem. Em casa resolvi evitar o assunto, pois era a melhor maneira de evitar preocupações à família. Mais tarde, no Nepal, descobriria, na prática, que a guerrilha estava muito mais presente no dia-a-dia da população.

Treinava firme quase todos os dias e cumpria minhas metas de suor, sofrimento e cansaço na esteira, semana após semana. Nos primeiros treinos de resistência corria a uma velocidade de sete quilômetros por hora; dois meses depois já me aproximava dos nove quilômetros por hora. Ao lado do meu orientador, vencia rampas com inclinação de seis a nove graus e "dava tiros", isto é, corridas rápidas de cem, duzentos ou quatrocentos metros de distância a velocidades mais altas. A esteira era regulada, e automaticamente a cada pique seguia um retorno à velocidade anterior para a recuperação, até que chegasse o novo disparo. Numa sessão de uma hora, eu dava dez piques e percorria dez rampas aos gritos de "vai", "raça", "força" do treinador, que injetava ânimo quando percebia que eu fraquejava. Terminava esgotado, mas tinha consciência da evolução do meu desempenho físico e isso fazia com que me sentisse muito bem.

Já tinha decidido me engajar num grupo que estava sendo montado por uma agência de turismo com sede em São Paulo, especializada em viagens de aventura para a Ásia. Não sabia ao certo quantas pessoas iriam, a única informação de que dispunha era a de que o grupo teria no máximo vinte integrantes. O custo (US$ 2300, só a parte terrestre) e as características especiais da viagem, no entanto, sugeriam que o grupo não seria tão grande.

A lista de equipamentos obrigatórios continha 37 itens. Para quem nunca havia feito um passeio semelhante, nem ao menos acampado uma só vez, parecia coisa de outro mundo. Termos como "blusa de fleece", "polartec", "duffle bag (ou saco de viagem) e "jaqueta corta-vento" soavam absolutamente estranhos. A lista incluía detalhes como três tipos de meias – finas (para absorver o suor e liberar a transpiração), térmica (quente, para conforto da sola e do calcanhar) e de lã (contra o frio mais intenso) –, calças para trekking e impermeável... O que é simples para um iniciado em turismo de aventura soa totalmente estranho aos que nunca entraram nesse mundo. O trabalho seria enorme – primeiro compreender, depois descobrir para que servia cada item, em seguida encontrar lojas onde tudo pudesse ser adquirido. Por fim, a parte mais doída – pagar, e caro.

Descobri que poderia encontrar praticamente todo o equipamento em lojas especializadas em São Paulo. Numa primeira visita fiquei aturdido com milhares de objetos diferentes, de formas estranhas, roupas coloridas – era como se estivesse entrando num mundo novo, surpreendente. Só aos poucos o futuro aventureiro se familiariza com o equipamento. Nas primeiras visitas, o comprador sempre acha que é possível encontrar em casa algo que evite um gasto desnecessário. É um cuidado de pouca utilidade porque dificilmente isso ocorre. Comparar preços também acaba não resultando em uma vantagem significativa porque os valores cobrados nos diferentes endereços são, de maneira geral, parecidos. No meu caso, as visitas aos mesmos lugares se repetiram muitas vezes, porque as compras foram realizadas a conta-gotas.

A compra da bota foi um capítulo à parte. Desde que decidi viajar, ouvi com freqüência que ela era um dos equipamentos mais importantes e que "deveria ser adquirida logo para que eu tivesse tempo para amaciá-la". Até que eu encontrasse uma que me satisfizesse, foi uma peregrinação. Ela deveria ser um ou dois números maior que o usado nos calçados comuns e acondicionar confortavelmente duas meias grossas (para os dias mais frios). Outra exigência: ser impermeável para garantir que as meias ficassem secas, e os pés bem presos, sem apertar os dedos – uma bota mal-adaptada causa problemas, e até simples bolhas, pelas características da aventura, podem ameaçar o sucesso da viagem.

Outra preocupação que eu tinha naquele instante era quanto à rota que seguiria até o Nepal. O caminho sugerido pela agência que emitiria as passagens era São Paulo–Johannesburgo–Mumbai[1]–Nova Délhi –Katmandu. Era um caminho longo, com três conexões, muita espera em aeroportos e quase dois dias e meio de viagem. Estudei as alternativas que seguiam pela Europa e constatei que todas eram mais rápidas e mais curtas. O que me incomodava é que os aviões faziam escala em cidades árabes, por exemplo, em Doha, no Qatar, ou em Abu Dhabi, nos Emirados Árabes. Como os Estados Unidos se preparavam para invadir o Iraque, não pretendia depender de fatores externos para voltar para casa. Uma eventual expansão do conflito poderia levar os países do Oriente Médio a fechar o espaço aéreo, o que traria um problema enorme para o meu retorno. E eu não queria conviver com esse fantasma enquanto estivesse no Nepal. Os riscos naturais da viagem já eram suficientemente grandes para que eu me arriscasse a enfrentar mais problemas. Assim, a rota mais longa – Brasil–África do Sul–Índia–Nepal – acabou sendo a escolhida.

Na mesma época, dezembro de 2002, arrumei um motivo a mais de preocupação para minha família: decidi que meu objetivo seria escalar o Island Peak, uma montanha de 6189 metros de altitude, que fica um

1. Antiga Bombaim, na Índia.

pouco fora da rota que seguiríamos no trekking, mas que me ofereceria a oportunidade de experimentar o ar rarefeito e fazer pra valer minha primeira escalada. É uma montanha baixa para os padrões do Himalaia (que concentra o maior número de picos com mais de 8 mil metros do planeta), entretanto chegar a seu cume seria algo extraordinário para um novato como eu. O sonho de estar no topo passou a povoar meu pensamento. Não me saía da cabeça a foto de capa do livro *Alto risco*, em que o cinegrafista e alpinista David Breashears aparece escalando uma parede de gelo quase vertical. Não que eu fosse capaz de fazer algo parecido, em hipótese alguma. Afinal, ele tem uma vasta experiência em escaladas radicais e é considerado um dos melhores alpinistas do mundo. Mas a ida ao Nepal me daria a chance de escalar "a minha montanha" no melhor cenário, e eu não poderia desperdiçá-la. A escalada, porém, dependeria da adesão de outras pessoas para formar um grupo. Só assim o custo consideravelmente alto (novecentos dólares a mais por pessoa) cairia para quatrocentos dólares.

Finalmente comprei a bota em meados de janeiro – faltavam apenas 45 dias para a partida e não havia tempo a perder. Para amaciá-la, passei a usar o calçado o dia todo, inclusive no trabalho. Vestia camisa social, gravata, terno, e as botas. De início ouvi todo tipo de brincadeira dos colegas. "Vai para a festa junina ou disputar um rodeio?", comentavam entre risos. Aceitava os comentários sempre com bom humor – afinal, a combinação era estranha e não havia alternativa para deixar o equipamento adaptado aos meus pés e ao meu jeito de andar. Para que o ajuste fosse completo, eu usava dois pares de meias: o primeiro, comum, e o outro, bem grosso, especial para caminhadas. Estávamos em pleno verão e quando eu tinha que ficar sob o sol forte os pés ferviam.

Naquela época notei que um fato se repetia com freqüência: a reverência das pessoas quando eram informadas sobre minha viagem. O conhecimento geral sobre o Nepal é escasso, poucos sabem sua localização, mas a maioria tem a noção de que é um lugar diferente, atraente, longe, muito longe. Todos têm alguma informação difusa sobre as montanhas e sobre o Everest, e isso já é o suficiente para que aqueles que se arriscam a enfrentá-lo sejam tratados com certo respeito. Subir uma montanha e suportar os rigores do frio são situações que poucos têm disposição para enfrentar, e essa "coragem" gera admiração. Sob certos aspectos, eu me transformava em um herói.

Os dias se passaram rapidamente. O uso diário da bota de viagem me fez perceber que ela era tudo de ruim, pelo menos na cidade. Descobri que na verdade não dá para amaciar a bota, o pé é que acaba se moldando àquela estrutura rígida e reforçada. É como se você dissesse a ele: "Vire-se, cara, porque daí você não escapa", e, sem alternativa, o pé se ajeita. Ao mesmo tempo, estava encerrando a compra dos equipamentos. A última aquisição foi a parca, ou blusão corta-vento, que, segundo os alpinistas, é a "quarta pele", a quarta cobertura sobre o tórax e a mais importante, porque deve evitar que o vento e a neve penetrem e reduzam o aquecimento proporcionado pelas outras blusas. Escolhi uma de espessura reduzida mas de grande mobilidade, que parecia até feita de plástico ordinário; só mais tarde é que fui perceber sua importância e eficiência.

O equipamento fotográfico ficou igualmente para o fim. Eu teria que levar uma câmera pequena e leve para não incomodar no transporte nem pesar na mochila. Além disso, ela deveria ter condições técnicas de fazer boas fotos e suportar as baixas temperaturas. Os fotógrafos que consultei sugeriram que eu usasse uma digital para evitar o desperdício com fotos ruins, afinal elas poderiam ser apagadas imediatamente e substituídas por outras. Mas eles não souberam informar como reagiria o equipamento à temperatura abaixo de zero. Depois de muitas conversas, decidi esquecer as digitais e optei por três câmeras: um equipamento profissional eletrônico, uma segunda câmera mecânica, e ainda outra, barata e descartável, que não deixaria saudade em caso de perda. Também levei uma câmera para captar imagens em vídeo.

Ainda não sabia quem seriam meus companheiros de aventura. Conhecia apenas o guia Manoel Morgado, com quem já tinha me encontrado. Uma tentativa de juntar todo o grupo não deu certo e a expectativa permaneceu. Como seriam as pessoas com quem eu estaria no mês seguinte inteiro, do outro lado do mundo?

Nos últimos dias do treinamento passei por nova avaliação. A comparação com o primeiro exame mostrou um crescimento de 38,9 para 45,2 no índice de VO2, ou seja, uma melhoria de 14% na capacidade aeróbia. Ao mesmo tempo, o limiar anaeróbio passou de 8 para 10 depois de quatro meses de corridas, um aumento expressivo de 25%. Essa variável indica o momento em que o organismo não consegue mais remover o ácido láctico produzido durante o exercício e este passa a se acumular perigosamente no sangue, incomodando e até impedindo, a partir de certo instante, a continuidade do esforço físico. O teste revelou também que a minha freqüência cardíaca caiu à medida que o treinamento avançou. A oito quilômetros por hora houve uma redução de 126 para 122 batimentos por minuto; a dez quilômetros por hora, de 143 para 139; a doze quilômetros por hora, de 164 para 151, e a catorze quilômetros por hora, de 171 para 163. A variação de peso foi pequena (de 67 para 66,7 quilos) com ganho reduzido de massa muscular (de 27,04 para 27,95 quilos). A avaliação final do fisiologista Renato Lotufo, na época, foi estimulante: "O seu rendimento cardiovascular melhorou. Para cada volume de sangue que o seu coração está bombeando, você precisa hoje de um número de batimentos cardíacos menor, e isso mostra que o rendimento está melhor. A cada bombeada, o seu coração manda uma quantidade de oxigênio bem maior que antes e realiza um trabalho físico mais exigente", concluiu. Isso queria dizer que eu estava pronto.

Separei o passaporte, tomei vacina contra a febre amarela, comprei filmes fotográficos, embalei barras de cereais, anotei os telefones de emergência, comprei baterias de reserva para a máquina fotográfica, tirei fotos para o visto de entrada, escolhi livros para ler no avião, canetas, caderno de anotações. Ufa!!!

O grupo estava formado por cinco mulheres e quatro homens.

Íamos partir.

Demorei a dormir. Tinha motivos de sobra para estar cansado: afinal, conciliar o cumprimento das obrigações profissionais com as últimas providências de viagem foi uma tarefa que tomou todo o meu tempo, especialmente nos últimos dias. Deitado, tentei relaxar... Os pensamentos não deixaram. O corpo esticado não se moveu durante um bom tempo, mas o sono não veio. Na prática, eu já não estava mais ali, tinha me desligado de tudo o que me prendia ao cotidiano. As atitudes mais comuns – acordar, tomar o café-da-manhã, seguir para o trabalho, resolver questões familiares –, tudo fora feito de forma mecânica nas últimas horas, sem nenhum envolvimento pessoal. Não tinha noção exata da razão que me levava a fazer aquilo, apenas sabia que era o que eu queria. O desconhecido me atraía. Foi como entrar em transe. Os pensamentos confusos concebiam dezenas de situações diferentes, só que não havia certeza de nada e as idéias se misturavam como um conjunto de fios enovelados, sem começo nem fim. Psicologicamente eu já estava longe.

MUNDO NOVO

Empurrei meu carrinho de bagagem pelo aeroporto de Cumbica, em São Paulo, e segui pelos corredores cheios de passageiros, olhando para os lados. Parecia até que se eu alcançasse mais rapidamente o balcão de embarque o avião partiria antes e a chegada ao meu destino seria antecipada. Estava ansioso para conhecer meus companheiros de jornada e a cada pessoa que passava eu dirigia um olhar curioso. "Será que esse é do grupo?", me perguntava mentalmente. Sabia que poucos estavam na faixa dos cinqüenta anos, a maioria era de quarentões e tinha até uma garota de dezessete anos. Em poucos minutos iria encontrá-los.

Fazia muitos anos que eu não viajava em férias com desconhecidos. A última vez fora quase dez anos antes, quando resolvi conhecer o nordeste dos Estados Unidos. Em Boston me juntei a um grupo de americanos para acompanhar, na região de New England, a mudança das cores da floresta, espetáculo único que ocorre durante o outono. Era o começo de outubro e percorremos quatro estados – Massachusetts, Maine, New Hampshire e Vermont – num esquema altamente requintado, que incluía alimentação sofisticada, transporte em ônibus com ar-condicionado e hospedagem em hotéis excelentes. Meus companheiros de viagem mostraram-se sempre bem-humorados, alegres e prontos a cumprir a programação sem criar problemas, o que tornou a experiência gratificante.

Mas nem sempre a convivência em grupo é prazerosa. Um amigo me revelou que em 2002 viajou com um grupo de brasileiros para a Índia com o propósito de conhecer as cidades mais representativas do hinduísmo. O roteiro foi cuidadosamente preparado, com reservas em hotéis de redes internacionais, contratação antecipada de veículos para a locomoção e até a presença de um guia brasileiro. Sobrou organização, mas faltou entendimento. Com o passar dos dias, o relacionamento entre um empresário e uma senhora foi azedando. Numa tarde, enquanto o grupo reunido recebia os avisos do guia, a senhora insistia em falar de seus quatro cachorros para uma amiga até que o homem, em alto e bom som, gritou para que todos ouvissem: "Cale a boca, sua puta!". Criou-se um enorme constrangimento, que permaneceu até o fim da viagem.

Enquanto meus pensamentos voavam, me aproximei do balcão para o embarque, onde, finalmente, teria meu primeiro contato com os companheiros de caminhada. Aguardei pouco na fila da South African Airways e o mistério foi se desfazendo. Surgiram uma arquiteta e um jovem economista de São Paulo, uma engenheira de uma multinacional que mora em Brasília e o dono de uma grife de roupa feminina. Uma publicitária chegou com a filha e, por fim, apareceu um empresário que produz brindes para crianças. Completariam o grupo uma professora universitária de Araraquara, no interior de São Paulo, que partira no dia anterior e o guia, que já estava no Nepal à nossa espera. "Daria certo?", eu me perguntava. O primeiro contato foi protocolar e não me permitiu nenhum julgamento. Eu teria que esperar um pouco mais para saber o que aquelas pessoas pensavam e como agiam.

O avião partiu lotado de São Paulo, com 291 passageiros. Nos últimos anos, empresas brasileiras se instalaram na África do Sul e, de lá, tentam estender seus negócios para países como Angola, Quênia e Zimbábue. Assim, é comum executivos e outros trabalhadores brasileiros seguirem para aquele país. Além disso, Johannesburgo desempenha um papel importante nas conexões aéreas internacionais. Pela capital sul-africana passam os interessados em alcançar outros países daquele continente, os que vão a negócios, os que buscam seminários e congressos sobre novos negócios na Ásia e tecnologia, jovens que vão estudar inglês na Austrália e aventureiros como nós. Foram quase nove horas de viagem e decidimos permanecer a primeira noite na cidade para nos recuperarmos do desgaste físico e preparar o organismo para o próximo trecho, que duraria oito horas, até a Índia.

Aproveitamos o tempo disponível para assistir a um espetáculo folclórico e conhecer o centro da cidade, que lembra muito a capital paulista. Após o fim do expediente, os enormes edifícios que servem à burocracia estatal e às empresas ficam vazios, os funcionários seguem para suas casas nos bairros mais distantes e as principais ruas e avenidas parecem abandonadas. O passeio serviu apenas para que tivéssemos uma pálida idéia de Johannesburgo, antes que todos se recolhessem para o descanso.

Nossa passagem pela Índia, no dia seguinte, foi marcante e, sob certos aspectos, traumática. Desembarcamos no aeroporto internacional em Mumbai e seguimos para o terminal doméstico, onde tomaríamos o terceiro vôo, rumo a Nova Délhi. Amigos já tinham nos informado da desorganização e da burocracia, comuns nesses lugares, mas ainda assim nos surpreendemos... A primeira fila da madrugada foi a da bagagem, submetida ao aparelho de raios X. Na seguinte, formada diante do balcão da Air India, apenas um tranqüilo funcionário atendia a centenas de passageiros. Como a demora se prolongava, logo surgiram os bicões, que, acompanhados de toda a família e sem nenhuma cerimônia, se colocaram ao nosso lado como se fôssemos velhos conhecidos. Em uma hora de espera o que mais repetimos foram irados protestos contra os que tentavam entrar na nossa frente. "Excuse me sir, the end of the line is over there", enquanto apontávamos para o fim da fila. Vencida a primeira etapa no balcão da companhia aérea, vieram a fila para pagar a taxa de segurança (cinco dólares), a fila para a foto no cartão de embarque, outra para passar pelo detector de metais, e mais uma inspeção detalhada na bagagem de mão. As sacolas ainda seriam verificadas novamente antes de entrarmos no avião para mais emoções.

O avião seguiu lotado para a capital do país. As roupas coloridas das indianas logo despertaram a nossa atenção, bem como os colares, brincos e pulseiras que exibiam em profusão. Os nossos olhares curiosos eram retribuídos com o mesmo interesse. Algumas, mais velhas, chegaram a conversar conosco em inglês, interessadas em saber nossa origem e nosso destino. Os homens não demonstraram interesse em manter um diálogo. Mas nós não nos esquecemos deles por outro motivo: o banho diário não é hábito entre os indianos, nem o uso de meias, e logo que o avião decolou quase todos tiraram os sapatos, impregnando o ar com um cheiro desagradável. A salvação surgiu na forma de sprays empunhados pelas comissárias de bordo, que percorreram os corredores do avião, de ponta a ponta, borrifando um perfume que reduziu o odor do ambiente e tornou a viagem suportável.

Em Nova Délhi, nova troca de aeroporto. Depois de desembarcar no terminal doméstico, seguimos para o aeroporto internacional, e ali iniciamos o último trecho da nossa longa jornada. O ânimo do grupo, então, já era outro. Faltava pouco para chegarmos ao nosso tão sonhado destino e isso injetou adrenalina em cada um de nós. Agora era só esperar...

Após pouco mais de duas horas, o tom das conversas aumentou e a movimentação das pessoas também. Num dado momento, quase todos se voltaram para as poltronas do lado esquerdo do avião. Os amigos se espremeram nas janelas, os desconhecidos pediram a colaboração dos outros passageiros para dividir o pequeno espaço e espiar um pouquinho o espetáculo da natureza.

As montanhas surgiram imponentes. Os cumes pairavam acima das nuvens como se fossem uma extensão dos flocos brancos que flutuavam sob o avião. Todos queriam fotografar o Himalaia. Cobertos de branco, os gigantescos blocos de rochas que tanto encantam os aventureiros há séculos desfilavam em linha, lado a lado, num caminho que parece não ter fim. A emoção foi imediata. Depois de viajar quase três dias, cruzar dois oceanos, atravessar um continente, tomar quatro aviões e voar 16 662 quilômetros, estávamos chegando ao nosso destino. Todos comemoraram, trocaram cumprimentos, alguns se abraçaram e os olhos ficaram marejados. Nossa maior aventura estava começando pra valer.

Mais alguns minutos e pousamos suavemente no principal aeroporto da capital nepalesa. Katmandu fica num vale cercado de montanhas que, no começo do ano, estão cobertas de verde. As casas são pequenas, coladas umas às outras, e escondem as ruas estreitas. Quase todas são marrons, da cor dos tijolos, porque a maioria não é rebocada nem pintada. Os poucos edifícios, concentrados no centro, não têm mais que dez andares. O que sobressai nessa paisagem são as construções religiosas, com suas cúpulas pontudas e douradas apontando para o céu.

O Tribhuwan International Airport, amplo, cuidado, limpo e sinalizado, causa boa impressão aos estrangeiros. Apresentei o cartão de desembarque e um burocrata do governo federal preencheu o visto de entrada: colou uma foto, anotou o nome, o número do meu passaporte e minha nacionalidade. O funcionário do Rastriya Banijya Bank recebeu os trinta dólares em dinheiro, uma vez que não são aceitos travellers checks, carimbou e assinou o recibo impresso em papel-jornal e me entregou. As malas já rodavam na esteira; recolhemos as nossas, e pronto! Cruzamos a porta de saída e respiramos o ar nepalês.

Um largo e apertado abraço do guia Manoel Morgado nos esperava do lado de fora. Conforme a tradição local, recebemos de boas-vindas colares feitos de flores silvestres amarelas e, ao lado do microônibus que iria nos levar para a cidade, posamos para a primeira foto em grupo. O semblante de cada um irradiava alegria, o sorriso largo se repetia em todos os rostos e refletia o momento especial que estávamos vivendo. Havia uma certa felicidade juvenil, daquelas que lembram as viagens no período escolar, quando saíamos em grupo para visitar uma exposição de arte ou conhecer uma cidade histórica. Porém, o que nós não sabíamos naquele instante é que os sorrisos que estavam sendo registrados pelas câmeras comporiam uma imagem única. Ao longo da trilha jamais voltaríamos a exibir tamanho contentamento.

Nossas treze malas ocuparam as duas últimas fileiras de bancos do ônibus. Sunir, o guia turístico local, colocou o veículo em movimento.

Baixinho, cara redonda e olhos amendoados, era o nepalês típico. Começávamos a perceber que as boas maneiras são características naturais desse povo que gosta de conversar.

Exibindo um inglês fluente, Sunir recitava informações sobre a cidade. Mas se ele olhasse para trás descobriria que cada um de nós estava distante, com os olhos voltados para fora do ônibus, tentando entender o lugar em que havíamos nos metido. A avenida estava entupida por milhares de carros pequenos e velhos, caminhões e peruas cheias de gente, bicicletas e ciclomotores. A pista simples não permitia ultrapassagens e a única alternativa para cortar caminho era o acostamento, de terra, escolhido de vez em quando por algum motorista apressado que expulsava os pedestres do caminho e levantava uma densa poeira. As buzinas, acionadas a todo instante, provocavam um ruído ensurdecedor. No Nepal, contudo, elas já fazem parte do "jeito" de dirigir: informam aos outros motoristas o que o condutor pretende fazer. Ônibus e caminhões trazem, inclusive, o lembrete na traseira: "*Please, horn*", ou seja, "Por favor, buzine". A todo momento cruzavam à nossa frente carregadores que levavam nas costas caixas enormes com todo tipo de produto: desde ovos e verduras até canos e madeira. Tínhamos voltado no tempo.

O Hotel Gangjong é um quatro-estrelas novo e confortável. Tem funcionários atenciosos, banheira e água quente nos apartamentos, um luxo que devia ser muito bem aproveitado. Logo mais sentiríamos saudade desses momentos...

Assim que o grupo se instalou, tivemos a primeira reunião formal com o guia. As recomendações que recebemos deveriam ser rigidamente seguidas a partir daquele instante. A comida crua estava cortada da nossa dieta. Era preciso evitar frutas, verduras, legumes e saladas de qualquer espécie, mesmo em bons restaurantes. Todos os alimentos tinham que ser previamente cozidos porque as más condições de higiene eram uma porta aberta para todo tipo de infecção, e uma virose ou uma disenteria poderiam derrubar qualquer um antes do início da caminhada. Os cuidados alimentares também se estendiam às bebidas: só podíamos ingerir líquidos engarrafados. Água da torneira? Nunca, nem para escovar os dentes. O jeito seria deixar uma garrafa na pia do banheiro ao lado da escova para tentar lembrar desse cuidado.

Chegou o momento do primeiro passeio e da última dica do dia: negociar o preço de todos os produtos na hora da compra. O melhor era oferecer 50% do valor pedido e, com um pouco de conversa, comprar o objeto por, no máximo, 75% do preço original. Os nepaleses gostam de barganhar e, se você não discutir os valores com eles, vai privá-los desse prazer, sem contar que pagará mais do que o necessário.

Outra informação importante: dá para andar com tranqüilidade pelas ruas, pois o Nepal é um país seguro e não existem problemas de violência. A ordem, então, era bater perna.

Logo que o visitante chega a esse país percebe que o nepalês, ao se aproximar de um lugar sagrado, seja um pequeno oratório em frente a uma casa, seja um grande templo, toma a esquerda. Se tiver que contornar o local, a direção se mantém, e ele vai da esquerda para a direita, no sentido horário, até completar o caminho. A mesma atitude é válida quando visita um monumento budista ou entra num monastério – existem duas portas, a da esquerda é para quem entra, a da direita deve ser usada pelos que saem, ainda que não existam placas indicativas do sentido. O objetivo é deixar o lado direito do corpo ao alcance do objeto religioso. A pessoa toca com a mão direita os lugares sagrados, e nunca usa a esquerda para esse fim. O motivo é simples: a esquerda é a mão impura, usada para a higiene pessoal.

Os nepaleses não utilizam sabonete nem papel higiênico depois das necessidades fisiológicas. Dentro dos banheiros, ao lado da privada sempre há um balde cheio de água e uma caneca. Com a mão direita, o nepalês enche a caneca com a água e a despeja na mão esquerda, em concha, e com ela se lava após as necessidades. Por esse motivo, a mão esquerda nunca é usada para tocar os objetos religiosos, nem a parede de um templo, nem para pegar alimentos. E só a mão direita toca nas rodas de oração. Também é a direita a mão usada nas refeições.

E quem cozinha, lava as mãos? A dúvida é natural, mas é melhor esquecê-la.

VIVENDO AS DIFERENÇAS

O Nepal é um pequeno pedaço de terra espremido entre duas potências asiáticas e os dois mais populosos países do mundo: a China, ao norte, e a Índia, ao sul, que o cercam por todos os lados e o mantêm distante do mar. Tem cerca de oitocentos quilômetros de extensão e uma largura que varia de noventa a 230 quilômetros. Isso resulta em 147 181 quilômetros quadrados, ou seja, a metade do tamanho da Itália (301 mil quilômetros quadrados), ou quase a mesma área do estado do Ceará (145 694 quilômetros quadrados).

As montanhas cobrem 80% do território e a geografia do país acaba determinando as condições de vida e as características do seu povo. Ao sul, a região do Terai, culturalmente semelhante à Índia, tem uma altitude média de cerca de duzentos metros, podendo chegar a mil metros; enquanto ao norte alcança os 8850 metros no seu ponto mais alto, o monte Everest, na cordilheira do Himalaia. Em decorrência, as temperaturas variam muito. No sul, chegam a quarenta graus no verão; no centro do país, onde está a capital, Katmandu, e Pokara, a região dos vales, com altitudes entre mil e 2 mil metros, atingem os trinta graus; enquanto nas montanhas mais altas, ao norte, o frio ultrapassa facilmente os cinqüenta ou sessenta graus negativos.

A história registra que o Nepal foi um conjunto de pequenos principados independentes. Os primeiros habitantes do vale, os newari, eram descritos em 637 a.C. como muito talentosos, "capazes de construir casas de madeira, pintadas e esculpidas". Também gostavam de teatro e astrologia e do sacrifício de animais. O hinduísmo e o budismo eram as principais religiões e o povo praticava um comércio bem organizado. A cultura nepalesa teve um grande desenvolvimento no reinado da dinastia Malla, que subiu ao poder no século XIII d.C. Em 1482, o reino foi dividido entre três irmãos, e cada um assumiu o comando de uma cidade importante: Katmandu, Patan e Baktapur. Como reinos independentes e competindo entre si, os reis estimularam a construção de templos e palácios de rara beleza arquitetônica. O centro de cada cidade passou a ser as Durbar Squares, praças dos palácios reais que existem até hoje. Em 1768 o vale de Katmandu foi conquistado por Prithvi Narayan Shah, rei de Gorkha, um território pobre ao norte da Índia, após dez anos de campanha militar. Ele unificou o país e implantou uma dinastia que continua no poder no Nepal. A capital, definitivamente, foi instalada em Katmandu, e o nepali tornou-se a língua oficial.

Ao longo de décadas, porém, os períodos de calmaria, crescimento econômico e cultural e de expansão territorial se alternaram com guerras e batalhas ferozes. Em 1816 as fronteiras do país foram definidas. A dinastia Shah apenas esteve distante do poder num período de 105 anos. Foi derrubada em 1846 pela família Rana, que fechou as fronteiras do Nepal e o isolou do mundo. A situação se alterou em 1951, quando a dinastia anterior reassumiu o poder, restabeleceu relações com outras nações e o país deixou o isolamento internacional. A democracia, entretanto, continua a ser um sonho para os nepaleses. Nos últimos cinqüenta anos, ocorreram mudanças bruscas no sistema político, como a dissolução do Parlamento e a passagem do governo para as mãos de ditadores. Só em 1990, depois de muita pressão popular, protestos, prisões, tortura e uma centena de mortos, foi elaborada uma nova Constituição e instituído um sistema parlamentar pluripartidário, que se mantém até hoje. A corrupção e a instabilidade do regime ainda dão o tom na política local. Em dez anos o país teve cerca de dez governos diferentes, muitos deles fruto de coalizões que não chegaram a durar doze meses. Em 2002 o rei Gyanendra Dev, que sucedeu ao irmão Birendra após o morticínio real, fechou o Parlamento, implantou o estado de emergência e tornou-se o chefe das Forças Armadas. A suspeita de que o novo rei tramara a conspiração que o levou ao poder não prosperou. A oposição chegou a afirmar que tudo não teria passado de um golpe, com a morte dos que se opunham aos objetivos de Gyanendra. O fato é que o governo encerrou as investigações em três dias e pouca atenção deu aos questionamentos da comunidade internacional. Enfrentou alguns protestos de estudantes em frente ao palácio real, mas logo o caso foi encerrado. No mesmo ano, o rei suspendeu as eleições marcadas para 14 de novembro alegando falta de segurança como conseqüência da ação dos guerrilheiros. Em 2003 ele concordou em iniciar negociações com representantes da guerrilha maoísta, mas simultaneamente destituiu o primeiro-ministro (que tinha alguma identidade com grupos de esquerda) e o substituiu por outro mais dócil aos seus desejos. Quanto às eleições, não há perspectivas de uma nova data.

Esse era o país que começávamos a descobrir, percorrendo as ruas empoeiradas da sua capital. Apenas no centro existem edifícios mais altos, bem como ruas asfaltadas em maior número. Caminhando dez ou quinze minutos em direção aos bairros, o cenário muda.

As ruas são estreitas e poucas têm calçadas. Como as casas são coladas umas às outras, não existe recuo, nem na frente nem nas laterais – tudo é erguido parede com parede. As construções pequenas, quase sempre sobrados, ou prédios têm no máximo três ou quatro andares. O térreo é usado para o comércio e os andares superiores, como moradia das famílias. É costume os filhos homens, após o casamento, continuarem morando com os pais. Para isso novos andares são construídos e ocupados pelas mulheres e pelos filhos. As edificações, contudo, não recebem acabamento, e a pintura só é feita quando os donos têm uma condição financeira melhor.

Mesmo acostumados com o trânsito pesado, barulhento e confuso das grandes cidades brasileiras, especialmente de São Paulo, nos impressionamos com o tumultuado tráfego de Katmandu. As ruas vivem entupidas de carros pequenos e velhos, bicicletas, motos, riquixás, triciclos montados sobre bicicletas e movidos pela força das pernas de um valente nepalês, e *tuk-tuk*, barulhentos triciclos sobre uma lambreta, pequenos e fumacentos, nada confortáveis, mas que facilitam a locomoção pelas vielas da cidade. Não existem placas para indicar direção nem semáforos para disciplinar a passagem dos veículos nos cruzamentos. Poucas vezes vimos guardas tentando organizar o trânsito e, quando isso ocorria, os resultados práticos eram nulos. Os guardas mais pareciam enfeites nas esquinas. E tome barulho ensurdecedor, com todos tentando se entender por meio da buzina. O surpreendente é que o sistema funciona! Os motoristas entram na pista sem pensar duas vezes, atravessam, dobram à direita ou à esquerda, fazem até retorno no meio da rua, passam a poucos centímetros uns dos outros, e ninguém bate. Parece um perigoso exercício de roleta-russa, com o trânsito como arma e os carros transformados em munição.

Quem chega ao país pela primeira vez logo vai para o Thamel, o bairro mais bem estruturado para receber os estrangeiros. É um conjunto de oito quarteirões, com centenas de pequenas lojas que oferecem desde artesanato e objetos religiosos até tapetes e material para escalada, pinturas, objetos em estanho e bronze, camisetas e bonés, e mais uma infinidade de produtos. Hotéis, bares, restaurantes e pubs apresentam shows com música ao vivo. Inglês, muita gente fala, alguns fluentemente, mas a maioria conhece da língua o bastante para negociar os preços. "Good price, sir" foi a frase que mais ouvimos quando bisbilhotamos pelas lojas. As mulheres logo espichavam os olhos para as *pachminas*, finos xales de lã vendidos a preços que variavam entre vinte e duzentos dólares. As genuínas eram as mais caras, produzidas a partir da delicada lã extraída do peito das cabras montanhesas; as outras não passavam de imitação.

A moeda local é a rupia nepalesa, facilmente trocada em dezenas de casas de câmbio espalhadas pelo bairro. Em 2003, 1 dólar valia 76,5 rupias; para saber o valor em reais, considerando a taxa de três reais por dólar, basta dividir o preço cobrado em rupias por vinte. Uma xícara de chá, por exemplo, custava vinte rupias (R$ 1,00). Uma cerveja em garrafa de 600 mililitros, 72 rupias (R$ 3,60), um prato de macarrão, 180 rupias (R$ 9,00).

José Hélio Baraldi foi o primeiro do nosso grupo a mostrar disposição para gastar nas lojas do Thamel. Engenheiro químico por formação, decidiu vir para o Nepal para comemorar seus quarenta anos de idade, completados em 2002. Católico praticante, queria celebrar a data de forma especial, num país pobre, "você e Deus", dizia. Nunca tinha se metido numa aventura semelhante, e só com a compreensão dos sócios se afastou por trinta dias da empresa em que produz brindes para crianças em São Paulo para ir para o outro lado do mundo. Deixou em casa a mulher, Ana, e três filhos, e para presenteá-los, desde a chegada a Katmandu, não pensava duas vezes antes de entrar nas lojas e comprar-lhes lembranças.

O Nepal povoava os sonhos de Renato Manhães Caliman havia muito tempo. Solteiro, cinqüenta anos, dono de uma grife de roupas femininas na capital paulista, já tinha alguma experiência de caminhadas pela região de Campos do Jordão e em certa ocasião foi de São Paulo a Angra dos Reis, no Rio de Janeiro, sozinho, de bicicleta. Veleja, viaja de moto e gosta de percorrer trilhas de jipe. Em pouco tempo de convivência com o grupo, desde a partida do Brasil, demonstrou ser uma pessoa tranqüila, que ouvia com atenção e paciência e que esperava cada um falar para só então emitir sua opinião. E não raro vinha com um comentário engraçado, bem-humorado e, ao mesmo tempo, respeitoso.

O "Urso" era diferente. Alegre, sempre pronto para inventar uma piada, Marcelo Marchiano ganhou esse apelido já adulto, por causa de seu tamanho – 1,82 metro de altura – e de seu peso – 94 quilos. Com 35 anos de idade, tinha mestrado em finanças e era o responsável pela área financeira de uma multinacional do setor mecânico sediada em São Paulo. Já tinha cumprido os oitocentos quilômetros do caminho de Santiago de Compostela na Espanha, em 1999, e jurado que nunca mais calçaria uma bota de caminhada. Dizia que preferia ficar na avenida Champs-Elysées, em Paris, tomando um bom vinho. Mas, ao contrário do que havia prometido a si mesmo, foi para o Nepal e, apesar de estar bem longe do conforto francês, mostrava-se contente e não se cansava de contar histórias engraçadas. Em pouco tempo se tornara uma alegre referência para o grupo.

No primeiro dia em Katmandu aprendemos o mais tradicional cumprimento do Nepal, a alegre saudação indiana *namastê*, manifestação usada em qualquer hora e em qualquer lugar, que significa "o divino que existe em mim saúda o divino que existe em você". A saudação é acompanhada por um gesto – as mãos abertas se encontram no centro do peito como em uma prece, e, numa atitude de respeito, baixa-se levemente a cabeça. O *namastê* é repetido a todo momento e pode ser entendido também como bom-dia, boa-tarde ou boa-noite.

No Thamel descobrimos uma quantidade de livrarias só comparável àquela que encontramos em países desenvolvidos. Nas ruas principais há duas ou três em cada quarteirão e é fácil entender por quê. Os turistas têm um interesse enorme por livros sobre o país, escalada e alpinismo. Além disso, mapas detalhados que ajudam a abrir os caminhos dos viajantes em rotas variadas são encontrados com facilidade, sem contar os jornais locais e estrangeiros, europeus e americanos, revistas em inglês, francês e alemão, cartões-postais, pôsteres das montanhas mais importantes, CDs e fitas de vídeo. Ou seja, um paraíso para os turistas.

Os vendedores ambulantes, tão comuns no mundo ocidental, também existem às centenas nas áreas freqüentadas pelos estrangeiros. Cada vez que um de nós deixava uma loja, era cercado por dois ou três que ofereciam pequenas peças de artesanato, incenso etc.

Nas ruas, homens circulam de mãos dadas, abraçados ou fazendo gestos de carinho. Adultos e adolescentes eram vistos em atitudes muito parecidas com as que testemunhamos a todo momento no Brasil entre casais, com exceção do beijo. Na educação nepalesa, essas manifestações são consideradas normais e não têm relação com o homossexualismo. Entre pessoas de sexos diferentes, porém, não existe nenhuma intimidade pública – homens e mulheres nunca se tocam diante dos outros.

Circulamos à vontade pelas ruas de Katmandu e passeamos sossegados por todos os cantos. Só havia sinais claros de que algo sério ocorria no país quando passamos pelos postos de vigilância montados em algumas esquinas. As guaritas que originalmente serviam para o policiamento de rotina estavam ocupadas por dois ou três soldados do Exército e a pequena torre de metal era protegida por sacos de areia. Apesar do aspecto atemorizador, as patrulhas desses postos nunca nos incomodaram.

Angela Maria dos Santos era uma das mais dispostas da turma. Engenheira elétrica, gerente na área de planejamento e engenharia de rede de uma multinacional de telecomunicações em Brasília, havia vários anos colocava o pé na estrada. Seu currículo de aventureira incluía uma passagem pela Patagônia, a visita a todos os grandes parques nacionais brasileiros e a onze parques nacionais americanos. Fazia muito tempo que ela planejava vir para o Himalaia. Atenta aos detalhes, Angela anotava os nomes de lugares por onde passava e informações que lhe permitissem, mais tarde, reconstituir cada passo da viagem. No ano em que o mundo lembrava a conquista do Everest por Edmund Hillary, Angela sonhava chegar até o campo-base, base da "mãe de todas as montanhas".

Atender às necessidades do grupo era responsabilidade do guia Manoel Morgado. Médico formado pela Escola Paulista de Medicina, exerceu pouco a profissão. Em 1983, um ano depois de receber o diploma, deixou o Brasil para viver dois anos entre a Europa e Ásia. Retornou ao país em 1984, instalou-se em Cabo Frio, no Rio de Janeiro, e, aí sim, por cinco anos exerceu a medicina de forma tradicional. Mas o gosto pela aventura determinou seu caminho e, em 1989, Manoel abandonou definitivamente a profissão. Morou na Austrália e mais tarde na Ásia, orientando turistas pelo Tibete, Índia, Tailândia, Vietnã e Indonésia. Pela 27ª vez guiava um grupo de brasileiros pelos caminhos do Nepal. Conhecia muito bem todos os cantos de Katmandu e corria de um lado para outro para atender a cada um de nós: ora indicava uma loja, ora sugeria um endereço; muitas vezes ele intermediou compras nos lugares em que o comerciante não falava inglês.

Os comerciantes do Thamel tinham noção da redução da presença de turistas estrangeiros no país. Grupos formados por quatro ou cinco visitantes eram raros e turmas grandes como a nossa, pelo menos naquela temporada, ainda mais incomuns. Nas lojas, quem dependia das vendas tinha a explicação na ponta da língua para a penúria por que passavam: a guerrilha assustava os aventureiros, que naquele começo de ano teriam trocado o Nepal por territórios mais seguros. Não era o nosso caso. De noite, a equipe se completou: Hideko, a companheira que um dia antes partira do Brasil, se juntou ao grupo e completou a turma – nove pessoas.

A sensação de "estar seguro", de não correr riscos, de andar sem temer quem passa ao lado, ou sem se preocupar com quem vem à frente, provoca um bem-estar enorme. Dá a impressão de ser cidadão na sua plenitude, sem correr riscos físicos de nenhuma espécie. No Nepal a violência é um fato raro, os turistas circulam sem preocupação com o horário ou com o lugar. Também não precisam esconder os dólares no fundo de suas bolsas porque não há assaltos. Existe uma explicação de caráter religioso para a inexistência da violência: budistas e hinduístas acreditam na reencarnação, e, segundo esse preceito, após a morte reencarnamos muitas vezes, como homem ou animal, para prestar contas do que fizemos na vida anterior e depois caminhar em direção à luz. Partindo do princípio do "aqui se faz, aqui se paga", ninguém quer correr o risco de entrar na lista do "débito".

Terra de orações

Passear em grupo é agradável, cada um tem suas preferências, defende idéias diferentes, alguns são mais calados, outros, extrovertidos... Mas do caldeirão de opiniões, da diversidade de idéias pode nascer uma experiência rica que engrandece a todos. Ainda estávamos nos conhecendo, mas já era possível perceber que as diferenças entre nós geravam o entendimento.

O café-da-manhã era tomado às oito horas e às nove começava a programação do dia. Sempre tinha um que reclamava do horário e pedia um pouco mais de cama, mas o muxoxo terminava aí e, na hora marcada, todos estávamos prontos para partir. Naquele momento da viagem não percebíamos que a programação ainda nos oferecia um tempo dilatado para o descanso. Mais tarde iríamos experimentar regras mais rígidas, com tempo curto para o relaxamento e horários exatos de partida. Sentiríamos então saudade das longas horas dedicadas ao colchão confortável do hotel, bem como das conversas intermináveis entre os goles do café matutino.

Um dos assuntos recorrentes de segunda-feira era a questão religiosa. Estávamos surpresos com a quantidade de templos na cidade. Os maiores podiam ser visitados nas grandes praças, mas havia milhares de pequenos locais para orações espalhados por todo canto, nas lojas, nas calçadas, em frente às residências. As pessoas passavam, tocavam o objeto sagrado e badalavam o sino. O ritual se repetia milhares de vezes por dia.

Deixamos o hotel e paramos três táxis para que nos levassem à praça principal. O preço do transporte é negociado a cada viagem. Alguns táxis até têm taxímetro, mas nenhum deles funciona, o que obriga o passageiro a discutir o valor do serviço.

A Durbar Square de Katmandu fica a cerca de seiscentos metros de distância do Thamel. Em nepalês, *durbar* significa "palácio", ou seja, é a praça do palácio. São 46 templos e palácios enormes e suntuosos. A praça na verdade é um bairro, tal a quantidade de construções. Passear pela região é entrar num mundo completamente diferente. Cada porta, cada janela, cada torre ou pagode exibe detalhes que chamam a atenção; muitas janelas em madeira são delicadamente torneadas, com milhões de detalhes feitos a mão. Seriam necessárias horas para apreciar a riqueza cultural e histórica ali exibida.

Registra a história que a cidade de Katmandu nasceu nessa praça no ano 723, quando o rei Licchavi Gunakamadeva ergueu as primeiras edificações. Muito tempo depois, em 1596, outro monarca, Laksmina Malla, teria derrubado os casebres e erguido um prédio, construído com a madeira de uma só árvore, mais tarde transformado em templo hindu. O palácio recebeu o nome de Kastamandap (*kasta* significa "madeira" e *mandap*, "pavilhão"), origem do nome Katmandu. É uma relíquia histórica que tira o fôlego dos visitantes.

Entre as edificações magníficas do local estão os templos Maju Deval, erguido em 1690, e o Teleju, de 1564, ambos de terracota e em estilo pagode. Destoante das outras obras, o velho palácio real era todo pintado de branco, com colunas portentosas que lembravam a arquitetura grega, tão comum em prédios do mundo ocidental, mas sem valor histórico e de beleza arquitetônica discutível.

As surpresas se sucediam. Seguimos por uma rua que nos levaria a um palácio onde morava uma deusa viva. Isso mesmo, uma *deusa viva*! E mais: uma divindade que é uma menina, uma criança! Todos sorrimos para o guia numa atitude que ficava entre a incredulidade, a descrença absoluta e o respeito cerimonioso; afinal, nenhum de nós tinha conhecimento de que existia no mundo algo semelhante. Rumamos para a Kumari Bahal, a casa onde vive a deusa Kumari. O palácio, construído em 1757, é pintado de uma cor escura. Parece pequeno quando comparado aos seus concorrentes da Durbar Square. As janelas chamam a atenção, são dezenas, lado a lado, e iguais. Um representante da corte local nos informa que estamos com sorte; a Kumari iria aparecer em alguns minutos e poderíamos então conhecer a deusa viva do Nepal. Mas ele nos alertou: "Fotografias são proibidas".

Acredita-se que a Kumari seja a reencarnação da deusa Durga. A escolhida é o resultado de uma demorada seleção feita entre meninas de quatro anos da casta newari shakia. Elas não podem ter feridas no corpo e devem apresentar 32 sinais particulares, como a cor dos olhos e uma situação astrológica especial. Antes da escolha final, a criança passa por um teste: tem que permanecer em absoluta calma diante de uma situação de grande perigo numa sala escura. Depois de escolhida, a nova deusa muda-se para o palácio da praça Durbar acompanhada dos pais e dos irmãos e passa a receber as honras da família real. O reinado termina com a primeira menstruação ou com algum acidente que acarrete sangramento. A deusa então volta a ser uma mortal e deixa o palácio sem nenhuma vantagem. Pensávamos nisso quando notamos que o movimento no interior da casa aumentou, e ficamos atentos a uma janela no alto, indicada previamente. Em instantes a deusa apareceu: era uma criança de oito ou nove anos trajando um vestido vermelho. O batom na mesma cor parecia exagerado, as maçãs do rosto eram realçadas pela maquiagem, e os olhos também estavam pintados. Na cabeça, um ornamento dourado dava o tom da realeza. A Kumari permaneceu na janela, impassível, por pouco tempo, dez ou quinze segundos. Ela não se moveu, não mostrou as mãos nem esboçou nenhuma reação até desaparecer do nosso raio de visão da mesma forma como surgiu. Ficamos em silêncio e, misturados a um grupo de turistas japoneses, deixamos o palácio lentamente. Aquela seria a vida ideal para uma criança?, eu me perguntei. Será que ela brincava, ou tinha o direito de brincar? Ou passava o tempo acreditando ser mesmo uma divindade? O que aconteceria quando o sonho terminasse e ela tivesse que voltar para o lugar de origem e enfrentar a vida cheia de problemas de uma nepalesa comum? Eu estava aturdido. O Nepal é diferente, cheio de magia – e isso nos fascinava. Estávamos trilhando caminhos diferentes, começando a nos distanciar da sociedade ocidental.

A religiosidade, presente em todos os lugares, nas atitudes das pessoas, nas decisões diárias, nas oferendas, nos templos, nas ruas e nos locais de trabalho, a tal ponto que é difícil separar o que é dos homens e o que é dos deuses. O hinduísmo e o budismo convivem em harmonia a despeito da gigantesca diferença, em termos numéricos, entre os que professam uma e outra religião. Os hindus compõem 86,5% da população; os budistas aparecem em número incomparavelmente menor – 8%; existem ainda alguns outros pequenos grupos, como os muçulmanos (3,5%) e os cristãos (0,2%). Seguindo pelas praças e visitando os templos, acompanhamos a devoção e o respeito da população por seus deuses e divindades e vivemos momentos especiais.

Deixamos para trás os vendedores sorridentes que perseguiam os turistas na Durbar Square e rumamos para Bodnath, o maior e mais ativo templo budista do país. É um enorme mausoléu (ou *chorten*), uma espécie de torre ou mausoléu erguido para acolher os corpos de santos e de reis. Como fica num bairro distante do centro, é preciso tomar um táxi e enfrentar os engarrafamentos. Bodnath é cercada de casas, templos, pequenos hotéis, restaurantes e bares. Acredita-se que ali estariam enterrados os ossos de uma das reencarnações de Buda, o Kashiapa Buda. Muito antes, o próprio Buda Shakyamuni teria estabelecido as normas para a construção das estupas. A que visitamos é a maior do Nepal. A construção tem uma base quadrada que representa os quatro pontos cardeais da Terra; a cúpula, em cima da base, a gota que simboliza a água; mais para o alto há uma espiral cônica, que representa o fogo; a Lua em quarto minguante é o ar; e, finalmente, se vê o círculo solar, que representa o espaço. O que mais chama a atenção, porém, são os olhos vigilantes de Buda, pintados em cada lado. No meio dos olhos, parecendo um nariz, está o *ek* (um), o número cardinal nepalês simbolizando a unidade. Entre as sobrancelhas há um terceiro olho, que "olha o interior da pessoa".

O céu azul daquela tarde sem nuvens e um calor gostoso tornaram o passeio ainda mais agradável. Milhares de bandeirolas coloridas de oração balançavam e, de acordo com as crenças da população, lançavam no ar as preces dos fiéis.

Na base da estupa, centenas de rodas de oração, objetos de madeira ou metal presos à parede, eram movimentadas por mãos devotas. Em cada roda, em alto-relevo, estavam escritos mantras e orações. O mais conhecido deles – *om mani padene hum* – deseja "que a sabedoria e a compaixão se unam em meu coração". Seguimos a tradição e demos uma volta na estupa no sentido horário enquanto tocávamos, com a mão direita, as rodas de oração.

Bodnath é o mais importante centro religioso para os tibetanos budistas que vivem no Nepal. Construído no ano 50 d.C., é um centro de referência religiosa para os que fugiram da perseguição chinesa. O Tibete fica no sul da China e faz fronteira com o Nepal na região do Himalaia. Era um país independente até ser invadido por tropas chinesas em 1949, perder a liberdade e ter sua autonomia limitada à administração dos assuntos internos. Em 1959, depois de uma rebelião fracassada contra o invasor, seu maior líder, o Dalai Lama, se exilou na Índia e milhares de tibetanos o seguiram. No Nepal ainda vive uma quantidade considerável deles, uma comunidade calculada em 25 mil refugiados. Os tibetanos conservam sua identidade, seu budismo e a devoção pelo seu líder político e religioso e sonham poder um dia regressar à sua terra. Lamas e monges podem ser encontrados em todas as estupas de Katmandu. Em Bodnath, sobretudo, eles são vistos em maior número. Identificados pelas cabeças raspadas, calçam sandálias e vestem roupas despojadas cobertas por um manto marrom-avermelhado. Quando não estão cumprindo atividades religiosas, conversam animadamente em grupo. Na estupa, porém, apresentam-se sérios, e, enquanto entoam mantras, giram centenas de rodas de oração.

Escolhemos um dos muitos restaurantes e subimos ao terceiro andar para um lanche. Do alto tínhamos uma visão ampla do lugar, e era possível acompanhar o movimento de centenas de budistas que respeitosamente seguiam o caminho circular da oração. Estávamos quase na altura dos olhos de Buda, a 36 metros do chão. A pintura é impressionante e, de qualquer ponto que são focalizados, os olhos seguem o movimento de quem os observa.

Numa das laterais do mausoléu havia dezenas de pranchas largas de madeira enfileiradas, lado a lado. Pareciam estrados, equilibrados em pequenas bases a dez ou quinze centímetros acima do chão. Em um deles um homem se agachava, deitava sobre a madeira e em seguida se levantava, para novamente iniciar o movimento e repetir a ação, numa seqüência sem fim. Enquanto cumpria o ritual, recitava mantras numa manifestação religiosa que poderia durar dias ou meses. Mergulhado na sua religiosidade e no esforço físico, ele buscava o autoconhecimento e o crescimento espiritual. Entre um gole de chá e outro, percebemos que, enquanto estivéssemos naquele ambiente, teríamos que esquecer os valores ocidentais e estar abertos a tudo. Não poderíamos avaliar as atitudes das pessoas nesse lado do mundo como certas ou erradas, usando como referência o que aprendemos ao longo da vida num ambiente completamente diferente. Tudo o que estávamos presenciando, sentindo e testemunhando era diferente e nos colocava em xeque. Com humildade, compreensão e tolerância, poderíamos aceitar e aprender.

É fácil encontrar encantadores de serpentes pelas ruas de Katmandu – eles estão em toda parte, sobretudo perto dos pontos mais freqüentados pelos turistas. Dois, especialmente, nos chamaram a atenção. Eram adolescentes, pareciam irmãos, talvez gêmeos. Usavam turbantes rosa e vestiam roupas iguais – túnicas amarelas de tecido leve e tênis preto.

Nós os encontramos em frente a um templo, sentados sobre os calcanhares. Junto aos pés, três pequenos cestos de vime redondos, cada um com uma serpente. Logo que nos aproximamos, os garotos abriram as tampas e começaram a tocar uma espécie de flauta feita de bambus.

Nós nos deliciamos. Encantadas pelo som, duas serpentes se movimentaram e ficaram com metade do corpo fora do cesto, verticalmente alertas e prontas para o ataque. De cabeça pequena, o corpo se alargava formando uma espécie de asa até afinar novamente mais perto da ponta do rabo. A terceira cobra parecia uma jibóia, que se movimentava sem muita vontade e foi pendurada como enfeite no pescoço de um dos seus donos.

De início, guardamos uma prudente distância, temerosos do risco que os bichos ofereciam. Descobrimos depois que a mais lenta era mansa e logo estava no pescoço do Marcelo, e em seguida na cabeça do Hélio para ser fotografada. A cada seqüência de cliques os rapazes fechavam as serpentes nos cestos, para logo em seguida reabri-los. Tiravam as tampas e davam um peteleco nas cobras, uma, duas vezes, até que elas ficassem em posição de sentido. As serpentes pareciam entender a ordem e se mantinham em posição, sem música, enquanto os cestos eram exibidos aos visitantes e os donos recolhiam as gorjetas.

No Nepal, as "perigosas" serpentes seguiam rigidamente o roteiro.

Morte, vida

O sol da manhã estava particularmente agradável, o céu era azul e a temperatura um pouco mais alta, acima dos 28 graus, o que permitiu a todos deixar o hotel vestindo apenas camiseta e bermuda. Mesmo usando pouca roupa, cada um de nós levava na mochila uma calça e uma blusa, pois estávamos em uma época em que a temperatura cai no fim da tarde e é preciso estar pronto para enfrentar o vento gelado.

O dia começaria com uma visita a Pashupatinath, o mais importante templo hindu do Nepal e o segundo mais visitado do mundo – só perde para o de Varanasi, às margens do rio Ganges, na Índia. O local atrai multidões de devotos do deus Shiva que vivem no Nepal e até mesmo gente que vem da Índia. É um conjunto de centenas de construções a cinco quilômetros do centro da capital, entre o bairro do Thamel e o aeroporto.

Os táxis nos deixaram bem na entrada, junto a dezenas de bancas nas quais os vendedores exibem guirlandas de flores silvestres, incenso e outros objetos para serem ofertados às divindades. Algumas mulheres ficam sentadas no chão, em frente a dezenas de pilhas de moedas. Elas trocam dinheiro: você entrega uma cédula e, pagando uma pequena taxa, recebe tudo trocado em moedas de menor valor, que servirão para ofertar aos deuses, dar esmolas ou oferecer como gorjeta.

Olhando em direção a uma rua que seguia a oeste, Regina e Natália foram as primeiras a notar um homem que cuidava de uma vaca. Era um *sadhu*, considerado um homem santo, descalço, cabelo enorme e desgrenhado, que usava uma espécie de bata de cor clara e um tanto suja. Com a mão esquerda, ele segurava o rabo da vaca, enquanto com a direita, pacientemente, limpava o traseiro do animal. O trabalho era tão lento que tivemos tempo de nos aproximarmos e tirar várias fotos. Há séculos as vacas são consideradas animais sagrados pelos hindus, a incorporação de Laxmi, a deusa da saúde. Para a população, elas representam a fertilidade e a prosperidade. Seus donos as ordenham pela manhã e depois as soltam para procurar alimento. Elas fuçam em todos os lugares e reviram montes de lixo nas ruas. As vacas garantem ao homem o leite, o iogurte, a manteiga, o esterco e a urina. Ou seja, é uma segunda mãe: o leite é alimento para as crianças, a manteiga e o iogurte servem aos adultos, enquanto o esterco e a urina ajudam a adubar a terra. As leis dos homens também as protegem. Se um veículo bater em uma vaca ou a matar num acidente, o motorista pode ser condenado até a vinte anos de prisão. Isso ajuda a entender por que elas circulam tão à vontade pelas cidades e por que são evitadas pelos carros. Já os bois recebem dos donos a marca de Shiva em brasa no couro após a morte de um homem da família. A manifestação reafirma a crença na reencarnação e os animais são soltos nas ruas. Depois de algum tempo, o boi é expulso para o campo, e vive lá até a morte, como uma oferta aos deuses. Ao limpar a vaca no meio da rua, o *sadhu* cumpria uma tarefa nobre segundo os preceitos hindus.

Era a primeira vez que Regina Augusta Gastaldo presenciava uma cena tão insólita, que revelava o carinho e o respeito de um homem por um animal sagrado. Formada em publicidade, ela deixou a profissão depois de alguns anos de atividade para acompanhar o crescimento dos filhos. Aos 46 anos, com regularidade vinha dedicando parte de seu tempo às aventuras. A primeira vez que planejou uma viagem ao Nepal foi em 2001, mas os ataques terroristas às torres gêmeas de Nova York a levaram a adiar o projeto. No ano seguinte fez um trekking até a Plaza de Mulas (4270 metros de altitude), o campo-base do Aconcágua, na Argentina. E em janeiro de 2003, durante um passeio pelos Estados Unidos, aproveitou para participar de um curso rápido de escalada em gelo no estado do Colorado. Assim, vontade e experiência não lhe faltavam para encarar o Himalaia.

A companheira de viagem de Regina era sua filha Natália, dezessete anos, recém-aprovada no vestibular da Escola Superior de Propaganda e Marketing (SP). Magra, de aspecto franzino, a experiência de caminhada que havia adquirido com a mãe era garantia de que estava preparada para os rigores do trekking. Talvez pela pouca idade, a ida ao Himalaia, para ela, não parecia revestida de um significado especial em relação aos aspectos culturais e religiosos. De toda forma, ao praticar o turismo de aventura, Natália fazia o que mais gostava.

Deixamos a vaca e seu protetor de lado e seguimos em direção ao local em que são realizados os rituais de cremação.

Segundo a lenda, Lorde Shiva teria se transformado em antílope e ido morar às margens do rio Bagmati, no vale de Katmandu. Como punição pela sua rebeldia, teve um chifre quebrado e enterrado, e os deuses o obrigaram a reassumir sua forma divina. O chifre passou a ser adorado como um órgão sexual masculino, um linga, símbolo da fertilidade. Muito tempo depois, o linga teria sido encontrado por um pastor, e no local foi construído o templo dedicado a Pashupati, uma das centenas de manifestações assumidas por Shiva.

Pashupatinath abriga centenas de templos, alguns simples, outros sofisticados, e no maior deles há um enorme linga que é adorado pelos fiéis. A entrada só é permitida aos hindus, e nós tivemos que nos contentar apenas com fotos na porta principal, acompanhados pelos olhares dos guardas atentos. Ali ficamos algum tempo, observando o vaivém de milhares de pessoas. Os últimos dias foram de uma riqueza cultural e de um aprendizado pessoal intensos, mas as informações eram tantas que nos deixavam confusos diante de um cenário que, para nós, misturava história com lenda, realidade com fantasia.

No meio dos templos passa o rio Bagmati, afluente do Ganges, por isso considerado sagrado, pois nele ocorrem cremações diárias. Cruzando-o sobre uma ponte de pedra, o visitante tem uma visão ampla do local. De um lado do rio, no alto, vêem-se dezenas de pequenos templos encimados por torres brancas. Mais abaixo, grandes plataformas de pedra servem como local de passagem de pedestres. *Sadhus* e sacerdotes entoando mantras ou atendendo a pessoas em busca de conselhos, orações ou ervas medicinais são facilmente encontrados. Também se concentram ali turistas e nepaleses, com o propósito de acompanhar os rituais de cremação que se realizam em frente, na outra margem do Bagmati. Alguns metros abaixo, as escadas dão acesso às águas imundas que correm lentamente.

No Ocidente, não presenciamos a cremação de um corpo. Em Pashupatinath, esse ritual pode ser presenciado muitas vezes por dia, quase sempre no período da manhã. A cerimônia é conduzida por hindus de castas inferiores, que podem se sujeitar à contaminação, ao tocar em corpos sem vida. Chegamos ao local quando estava em andamento a cerimônia de cremação de um homem adulto da casta brahmin. O morto vestia uma túnica amarela de um tecido chamado *pitambar*, que em sânscrito significa "a cor da Casa do Senhor Vishnu". Os hindus acreditam que, se o falecido for coberto por esse pano, sua alma irá para a Casa de Vishnu, responsável pela preservação do universo. O corpo foi colocado sobre piras de madeira numa *ghat*, espécie de mesa de pedra. Os parentes mais próximos fizeram fila para se despedirem dele e entregaram oferendas: grãos (alimento do dia-a-dia representando a última refeição) e água, para que o morto vá para o céu. O filho mais velho, vestido de branco, acompanhava tudo sentado a alguns metros de distância, enquanto se ouviam tambores e outros instrumentos. Depois das orações finais, a roupa colorida do morto foi retirada (ele tinha uma vestimenta branca por baixo) e lançada no rio sagrado. O filho mais velho ateou fogo à pira – na cremação do corpo da mãe, essa parte do ritual cabe ao filho mais novo. O corpo queima por um período que varia de três a seis horas, dependendo das condições financeiras da família – quem tem dinheiro compra mais lenha e apressa o processo. Sobre o cadáver é colocado capim verde molhado, que funciona como uma espécie de cobertura para segurar o calor na parte de baixo por mais tempo e permitir a cremação completa. As mulheres não participam porque são consideradas física e espiritualmente fracas pela sociedade hindu, já que poderiam chorar ou desmaiar durante a cerimônia.

Eram cenas fortes, sem restrição à presença de turistas, desde que mantido o respeito que a situação exige. Sempre existe, porém, a possibilidade de alguém se incomodar. Foi o que ocorreu comigo. Eu tirara várias fotos da cremação e acompanhava o movimento das pessoas quando uma garota se aproximou. Tinha a pele e os cabelos claros, trazia uma bolsa de couro atravessada a tiracolo, vestia calças jeans e calçava tênis.

– Não é certo isso que você está fazendo – exclamou, exaltada, em inglês. – Fica fotografando e não respeita a cerimônia – continuou ela.

– Como é? – perguntei, surpreso, sem entender o que estava acontecendo, receoso de ter cometido alguma falta grave.

– Você não percebe que os parentes estão sofrendo e que isso tem que ser respeitado? – insistiu.

– Estamos do outro lado do rio, bem longe da cremação, e o nosso guia, que morou aqui por muito tempo, nos disse que poderíamos fotografar – argumentei, desfiando os argumentos que me vieram à mente.

– Não pode, não, e você deveria sair daqui! – determinou de forma definitiva, virando as costas e me deixando de boca aberta.

A grosseria da garota me irritou e tive vontade de mandá-la para o inferno, mas me controlei enquanto ela se afastava.

Manoel se aproximou e, depois de saber o que tinha ocorrido, me tranqüilizou. Explicou que esse tipo de comportamento era corriqueiro. Os ocidentais que se mudam para o Nepal com freqüência se sentem guardiões da cultura local e agem com arrogância e prepotência. Eles acabam por repetir preconceitos e atitudes discriminatórias tão comuns em seus países de origem. A garota desaparecia, e a cremação continuou. Impressionante é ver o corpo do morto se mexer. O calor do fogo provoca contrações em alguns membros, e braços e pernas se movimentam obrigando os responsáveis pela cerimônia a empurrá-los de volta para as chamas.

Deixamos o local lentamente, ainda aturdidos com o que tínhamos visto. Ninguém do grupo conseguiu fazer algum comentário, era tudo muito forte para uma análise imediata. Precisávamos de tempo, de um pouco de ar. Durante a cerimônia, os parentes não demonstraram nenhuma emoção, e a impressão que se tinha era de que queimar o corpo era o mesmo que se livrar de algo que, naquele momento, não tinha mais significado. O hinduísmo ajuda a entender o porquê desse comportamento. A doutrina determina que o ser humano está inserido num ciclo de vida e morte permanente que só se encerra quando ele atinge a purificação. Até lá, ele vai viver e reencarnar muitas vezes, seguindo uma única regra: se fez o bem, renascerá num ser mais evoluído; se praticou o mal, estará de volta numa casta inferior ou no corpo de um animal. Enquanto deixávamos o local, uma *ghat* em que a cremação já fora finalizada era varrida, e as cinzas, empurradas para o rio Bagmati.

Uma das mais bonitas vistas que se têm de Katmandu é a do alto do templo budista de Swayambhunath, outro símbolo muito popular do Nepal. O local é conhecido como "templo dos macacos", graças à quantidade de símios que vivem na mata em torno do mausoléu. Fica numa colina a dois quilômetros do centro, e, como a distância não é grande, os visitantes percorrem o caminho a pé. O trajeto escolhido por nós atravessava bairros muito pobres, de ruas de terra, com subidas e descidas, curvas e retas, o que indicava terem surgido sem nenhum planejamento urbano. Tampouco havia calçada, bem como guias ou sarjetas. Crianças corriam de um lado para outro e faziam festa à nossa passagem, sempre na expectativa de ganhar algo.

Hideko Yamanaka era uma das últimas no grupo naquela manhã pelas ruas empoeiradas de Katmandu. Exibindo a calma tão comum aos orientais, olhava tudo com atenção e falava pouco. Professora no Instituto de Química da Universidade Estadual Paulista Júlio de Mesquita Neto (Unesp), em Araraquara, ela não era novata nesse tipo de viagem. Aos 49 anos, solteira, costumava aproveitar os períodos de férias para longas caminhadas. Assim como Marcelo, trilhou o caminho de Santiago de Compostela. Além disso, fez trekking na Patagônia chilena e enfrentou a dureza da trilha inca, no Peru. Teve dificuldades, é verdade, mas chegou a Machu Pichu. Agora, mais uma vez, estava empolgada com a viagem que estava para se iniciar e acreditava que suportaria o ar rarefeito e teria condições de resistir ao desgaste físico.

Formava com Hideko uma espécie de dupla Suely dos Reis Medaglia, outra veterana em trekking. A viagem, para a arquiteta de 45 anos, era uma espécie de divisor de águas. Depois de 22 anos trabalhando numa empresa de construção civil (dos quais, dezoito como sócia), ela acabava de se desligar da organização. Deu um basta às atividades repetidas por tanto tempo e, para repensar a vida e "limpar a alma", como contou, resolveu ir ao Nepal. Como Hideko, Suely também sabia o quanto é duro respirar em grandes altitudes. Alguns anos antes ela passara por dificuldades no deserto de Atacama, no Chile, e se preocupava com o risco de se machucar nas montanhas. Naquela tarde, ela se mostrava alegre e falante.

A estupa de Swayambhunath fica no alto de uma pequena colina, e para chegar até ela é necessário subir uma escada que parece não ter fim. Alguém perguntou qual era a altura máxima. Hélio calculou em duzentos metros, Marcelo falou em trezentos e eu me mantive na faixa dos cem. Depois de um bom esforço e algum suor, vencemos os trezentos degraus e alcançamos 85 metros de altura, pouco se comparado ao que enfrentaríamos nos próximos dias. O templo é menor que o de Bodnath, mas a vista espetacular compensa. Dali era possível ter uma visão completa de Katmandu, com suas construções baixas, o barulho, a poluição e, ao longe, o Himalaia.

Acompanhamos um *pujá*, cerimônia budista de oração. No "templo dos macacos", ela ocorre duas vezes por dia, às nove da manhã e às três da tarde. Deixamos os calçados na entrada da *gompa*, a sala de cerimônias, e nos acomodamos no chão, atrás dos bancos dos monges. Estes entraram devagar e se sentaram em lugares predeterminados na sala montada em forma de U. Eram seis adultos e cinco meninos – os mais velhos comandam a parte religiosa; as crianças tocam os tambores e servem chá aos monges, que entoam mantras por mais de uma hora. O som resultante do coro foi algo parecido com "Ommmommmommm...". A vibração, dizem os budistas, leva as orações para o alto. Deixamos o local depois de vinte minutos de orações e demos a última passada de olhos pela cidade vista de cima.

Mais tarde, a cerimônia de cremação voltou ao centro das conversas e todos revelaram que tinham ficado chocados. Angela se dizia incomodada e foi objetiva – "É deprimente" – disse, opinião parecida com a de Renato, que não gostou do ritual, e a de Hideko – "Achei triste, não é agradável". Hélio não se esquecia de outro aspecto: "O que mais me marcou foi a ausência de dor na despedida do parente que morreu". "Pensei que não teria coragem de ver, mas acabei encarando bem", afirmou Regina. Marcelo também sentiu o impacto, no entanto adotou outra postura – "Num primeiro momento fiquei chocado, depois assumi uma posição de espectador, acompanhando tudo com respeito, mas como se fosse um espetáculo".

Aquele dia não seria esquecido. O que vimos contrariava as nossas crenças, punha em xeque uma série de posturas que aprendemos desde pequenos e nos colocava diante de uma visão completamente diferente do que era a vida e do significado da morte. Fomos dormir com imagens vivas passando pela nossa frente: os falos de Shiva sendo adorados e o fogo nos corpos que se retorciam.

Os *sadhus* são considerados "homens santos". Eles abandonam a família, vão para as ruas e sobrevivem de esmolas. Deixam o cabelo crescer, se dedicam à oração e assumem promessas estranhas: alguns ficam anos com um braço levantado, outros permanecem sentados por meses. O objetivo é controlar as emoções e sensações e alcançar o crescimento espiritual. Alguns passam a viver sozinhos, outros preferem se agrupar com amigos. Nem todos admitem ser alvo da curiosidade dos turistas, mas há os que aceitam a aproximação dos visitantes e estão dispostos a um bate-papo. Misturados aos *sadhus* verdadeiros, existem os falsos, interessados apenas nos trocados que recebem quando posam para fotos.

Nós conversamos com um *sadhu* em Pashupatinath. O iogue Balaknath Kaplani estava acompanhado de cinco homens, todos sentados no chão em torno de uma pequena fogueira e protegidos da aproximação das pessoas por uma pequena cerca de madeira de pouco mais de sessenta centímetros de altura. Usava um turbante vinho na cabeça e uma calça rosa. Do peito nu pendiam vários colares.

Manoel o cumprimentou em nepalês e o iogue aceitou a conversa. Assim que nos aproximamos, ele passou a falar em inglês. Educado, ofereceu a todos o haxixe que fumava. Recusamos e ele se propôs a nos abençoar. Entre incrédulos e desconfiados, topamos, e um a um fomos entrando no cercadinho.

A oração do *sadhu* durou alguns segundos e, enquanto olhávamos para aquela figura estranha, meu pensamento ia longe; eu me perguntava se estávamos diante de uma divindade ainda não revelada ou se fazíamos papel de bobos. Terminada a oração, cada um ganhou um pedaço de pão com cinzas, pequeno e sujo. Eu comi o meu, mesmo correndo o risco de contrair uma infecção que poderia colocar a viagem em perigo; outros preferiram guardar o pão na sacola para depois jogá-lo no lixo.

Quando nos despedimos, nosso simpático *sadhu* nos fez dois pedidos: uma esmola e uma cópia das fotos. E solicitou que elas fossem enviadas para o seu e-mail.

Preparando a partida

Meu convite não sensibilizou o grupo; somente Hélio mostrou-se interessado em me acompanhar a uma visita a uma feira livre. Seria a oportunidade de conhecer de perto uma das formas mais tradicionais de distribuição de alimentos do Nepal. Supermercados praticamente não existem, somente alguns funcionam no Thamel para atender aos turistas. Vendem produtos importados como bolachas, biscoitos finos, batata frita, salgadinhos, cerveja, uísque e vinho. Também mantêm um estoque de papel higiênico, lenços descartáveis e absorventes higiênicos. O nepalês se abastece nos pequenos mercados, semelhantes às vendas de bairro, tão conhecidas no Brasil. Quanto à comida *in natura*, só nas feiras livres é possível encontrá-la.

Os vendedores chegam carregados de sacolas. São pequenos produtores que comercializam o que colhem nos quintais de suas casas. Não existem bancas para a exibição dos produtos, não há placas com a indicação de preços, e muito menos balanças aferidas para pesar as compras. Nas vielas estreitas, os comerciantes se espalham, colocam tudo no chão, sentam-se sobre os calcanhares e ficam à espera do comprador. Ninguém grita para chamar a atenção para a sua mercadoria. Os legumes são iguais aos nossos: couve-flor, cenoura, nabo, beterraba, vagem e muitas verduras. O alimento básico do nepalês é o *dal baat tarkari*, arroz, lentilha e legumes cozidos ao curry, prato consumido duas vezes por dia, às nove da manhã e às seis da tarde. A variedade de lentilhas é enorme, com diferentes cores e tamanhos – cor de laranja, preta, amarela e verde. Há também muita cebola, alho e gengibre, e dezenas de tipos diferentes de tempero. A comida é picante como a indiana e o iogurte caseiro ameniza a queimação da boca provocada pelos temperos repletos de especiarias.

Enquanto eu gravava imagens para a televisão, Hélio fotografava. Éramos testemunhas de um amanhecer típico do nepalês. O frio não incomodava e em algumas esquinas ainda havia um pouco de neblina, mas aos poucos o sol ia iluminando as vielas e aquecendo os transeuntes. Carregadores descalços transportavam caixas bem grandes nas costas, enquanto comerciantes e outros trabalhadores paravam para tomar um copo de chá. Meu estômago martelava de fome e decidi experimentar o pão feito na hora. Não era uma atitude de bom senso: a mulher enfiou a mão numa panela onde havia uma massa mole, resultado da mistura de farinha de arroz e água. Com a mão direita, ela tirou um punhado de massa e o derramou num tacho onde o óleo escuro fervia em alta temperatura. Num instante a massa estava frita e, antes que eu pudesse pegá-la, a vendedora a embrulhou num pedaço de jornal que estava no chão! Fiquei sem saber o que fazer: comia ou não? E a sujeira? A mulher tinha feito tudo com a mão direita, mas e o jornal cortado em pedaços e jogado no chão? Arrisquei, abri o pacotinho e mordi. Era bom, quente, um pouco salgado; serviu para aquietar a fome sem acarretar nenhuma conseqüência desagradável.

Depois das sete da manhã, o movimento nas ruas cresceu. Estudantes alegres falavam alto enquanto seguiam para a escola, e dos riquixás vinha o som estridente das buzinas. Vi duas lindas meninas vestidas de vermelho, cabelos arrumados e cuidadosamente maquiadas. Chamei Manoel e pedi a ajuda dele para uma entrevista. As meninas sorriram ao notar a câmera e a mãe contou que uma tinha sete anos e a outra, nove. A informação seguinte nos surpreendeu e me provocou um arrepio: as crianças seguiam para o próprio noivado! O noivado é a primeira fase de um contrato celebrado entre as famílias, e o acordo se concretiza com o casamento, cerca de dez anos depois. As meninas conheceriam naquele dia seus futuros maridos, crianças como elas, e só os reencontrariam quando, numa nova cerimônia, a união se confirmaria. A mãe nos contou que o casamento, mesmo decidido com base em regras que não envolvem sentimento ou opção pessoal, dura toda a vida. A separação, eu soube mais tarde, até existe, mas é fato raro. Na crença hindu, quebrar a união entre os casais é desobedecer ao que os deuses ordenaram. O divórcio é encarado como uma desgraça e a culpa recai sobre a mulher. O adultério feminino é motivo para separação, o masculino não. E, quando o divórcio se concretiza, mais uma vez o homem é favorecido: a mulher perde todos os seus direitos sobre os filhos e sobre os bens materiais. Receber uma pensão alimentícia, então, é algo muito difícil de se obter.

A grande maioria da população nepalesa se casa e a monogamia é a forma regulamentada de união mais comum no Nepal. Mas a poligamia e a poliandria ainda existem. O primeiro caso ocorre quando uma mulher não engravida nos dez primeiros anos de casamento. De acordo com a lei, o homem pode, então, ter outra mulher que lhe dê o filho esperado. Já a poliandria é praticada nas regiões de montanha. Em geral são dois irmãos que se casam com uma mulher. Com dois homens trabalhando, o ganho familiar aumenta; e, quando um deles está numa longa viagem, que normalmente dura meses, o outro permanece ao lado da mulher.

Nós nos despedimos das noivinhas. As crianças se deram as mãos e seguiram em passo miúdo atrás da mãe, que se apressou e dobrou a esquina. Hélio e eu, que temos filhos pequenos, trocamos um olhar em silêncio. Era melhor sair dali, pois atrapalhávamos a passagem dos *tuk-tuk*.

O movimento nas ruas do centro aumentou, assim como a quantidade de pedestres também e o vaivém de bicicletas, riquixás e carros. Comerciantes conversavam em frente às lojas ainda fechadas. Tampouco se via movimento nas padarias, que oferecem ampla variedade de pães e doces, pois os clientes aparecem mais tarde, depois das nove da manhã. Tradicionalmente, os turistas chegam ao Nepal em maior número no segundo semestre, mas o movimento que encontramos, revelaram os comerciantes, estava bem menor se comparado ao dos anos anteriores. As agências de viagem estavam vazias. Elas oferecem passeios de balão pelo vale de Katmandu, viagem de jatinho ao redor do Everest, safári ao sul do país, canoagem e rafting. Os rios do Nepal são velozes por causa do grande volume de água que desce das montanhas, resultado do degelo e das fortes chuvas do meio do ano. Assim, os praticantes desses esportes encontram muitas opções e podem escolher entre roteiros de três e de até doze dias para descer as corredeiras, perto da capital ou no interior. São passeios, porém, que não se constituem em "chamariz" para visitantes, são apenas oferecidos como alternativa aos que têm tempo adicional disponível ou querem conhecer algo diferente na região. A maioria vem para esta parte do mundo com o objetivo de escalar montanhas ou caminhar pelo Himalaia.

O turismo começou no Nepal na metade da década de 1960. Os primeiros que aqui desembarcaram eram hippies, atraídos pelo exotismo e pelo misticismo do lugar, pelos preços baixos e pela liberdade de consumir legalmente maconha e haxixe. Vinte anos se passaram até que a situação mudou. O governo, cansado dos problemas provocados pelos seus "novos habitantes", resolveu organizar a presença dos estrangeiros e baixou normas de controle e comportamento, instituindo a obrigatoriedade do visto de entrada no país e a cobrança de taxa para obtê-lo. A partir de então cresceu vertiginosamente o turismo de aventura.

A caminhada é a forma mais comum de se locomover no Nepal. Em todas as regiões, as estradas são poucas e ruins, os buracos estão por todo lado e a topografia da região, com montanhas e vales, dificulta a construção de rotas para carros. Tudo isso, somado à falta de investimento, ajuda a explicar a inexistência de caminhos mais modernos para o transporte. Assim, as trilhas, muitas delas existentes há centenas de anos, continuam a ser a alternativa principal para se chegar a algum lugar.

Boa parte das pessoas que desembarcam em Katmandu busca apenas o contato com o povo e com a cultura local, permanecem na capital dois ou três dias e depois partem. Há aqui muitos hotéis e pousadas, bem como uma rede de restaurantes que oferecem uma vasta seleção dos principais pratos de países asiáticos e muitos de origem ocidental. Além disso, a temperatura, exceto no inverno, se mantém acima dos vinte graus. Os que não têm disposição para o esforço físico que o trekking exige se contentam em conhecer Katmandu. Mas a maioria dos que procuram "a terra das grandes montanhas" quer muito mais.

O aluguel e a venda de roupas e equipamentos para os que praticam esporte de aventura criaram um próspero negócio em Katmandu nos últimos anos. Calcula-se que aqui funcionem cerca de 150 lojas de trekking, mais de 90% no Thamel. Já tínhamos visto dezenas delas em nossas andanças pela cidade sem entrar em nenhuma. Às vésperas da nossa partida, era o momento de adquirir o que ainda faltava da lista de objetos necessários. Na noite anterior, o guia fez uma avaliação completa no equipamento individual: verificou roupas, botas, meias, luvas, camisetas, material para proteção contra o frio, objetos de higiene pessoal, alimentos em barra etc. Marcelo, Hélio, Renato e eu precisávamos de bota dupla e *crampon* (base de metal com pontas, que é amarrada à sola da bota) para a caminhada em gelo. Também eram necessárias polainas e calça impermeáveis, para evitar que a neve ou o gelo molhassem as calças e as meias ou entrassem nas botas. Não poderíamos esquecer o aluguel do saco de dormir, com resistência para até trinta graus negativos, os bastões de caminhada, fundamentais para ajudar a reduzir o esforço na subida ou a diminuir o impacto sobre o joelho na descida, e iodo para purificar a água.

Fomos comprar tudo o que faltava na loja da Shona. A primeira impressão do lugar foi assustadora: num espaço onde caberia um carro pequeno, havia centenas de objetos. Empilhados nas laterais, presos nas paredes, pendurados no teto ou simplesmente esparramados pelo chão, viam-se blusas, mochilas, luvas, bolsas de diferentes tamanhos, capacetes e uma infinidade de equipamentos para alpinismo e caminhada. No meio da aparente desordem, os donos da casa se moviam com absoluto domínio da situação e iam encontrando o que o esportista procurava, de acordo com o tamanho e a característica exigida.

Shona está no ramo desde 1975, quando comprou de iugoslavos os primeiros apetrechos de um grupo de alpinistas que terminou a viagem e não sabia o que fazer com os equipamentos usados. Aos poucos, a loja foi ficando cheia, a variedade de produtos cresceu e a nepalesa baixinha de sorriso permanente se tornou uma referência no comércio de Katmandu. É o endereço mais procurado por todo tipo de aventureiro – desde aqueles que realizam a primeira viagem até os mais experientes alpinistas.

Quem divide as tarefas com ela é o marido, Andy, um falante ex-alpinista que escalou algumas das maiores montanhas do mundo. O australiano encerrou a carreira na década de 1990, depois de ver sete dos seus companheiros morrerem nas fendas profundas do gelo e de ter desfeito dois casamentos por causa das longas ausências de casa. A dupla de vendedores é uma excelente fonte de informação, dá conselhos úteis, ajuda a tirar dúvidas e, se não tiver algum equipamento solicitado pelo cliente, indica onde ele pode ser encontrado.

Foi deles que compramos blusas térmicas de excelente qualidade a doze dólares e calças impermeáveis a cinco dólares, alugamos botas duplas (por três dólares/dia), *crampons* (dois dólares/dia) e bastões de caminhada (um dólar/dia). Aproveitamos para comprar sacola de viagem por oito dólares, essencial para o transporte da tralha individual e mais fácil de ser levada montanha acima pelos carregadores, e o *pee bottle*, uma espécie de cantil para guardar a urina da madrugada nas noites mais frias – assim não é preciso procurar a privada fora do alojamento. As mulheres também compraram material para uso semelhante; no caso delas, vasilhas plásticas abertas.

Embora os homens de mente grosseira
se aferrem às suas ações
e se preocupem com os resultados,
o homem sábio é livre de todo apego.
Sem se ofuscar pelo êxito
nem sofrer ansiedade pelo fracasso,
ele oferece suas ações
no fogo da virtude.
Em paz com o que acontecer,
desapegado do prazer do triunfo
e da dor da derrota,
ele age com consciência plena.
Aquele que cumpre seu dever
sem se preocupar com os resultados
é o verdadeiro homem de sabedoria.

Trecho extraído do livro sagrado
do hinduísmo, de Bhagavad Gita,
adaptação livre de Fredy Kofman[2]

---

2. Em *A nova consciência dos negócios*, São Paulo, Antakarama Cultura Arte Ciência, 2002.

PARTE 2

A morada dos deuses

Agora é momento de relaxar e descansar, aproveitar as poucas horas que temos pela frente para recuperar o corpo das andanças dos últimos dias, e a cabeça, do turbilhão de emoções que vivemos desde que chegamos ao Nepal. É preciso adormecer e repousar até que o telefone nos acorde para a partida. Mas como fazer isso se o coração não pára de bater acelerado, se a visão das montanhas se desenha na imaginação, se a perspectiva do desafio está presente em todos os instantes e não me deixa pensar com tranqüilidade?

Deito à meia-noite, mas nem o escuro do quarto me faz descansar, tal a excitação que experimento. Melhor seria juntar as coisas e partir imediatamente, abreviar a agonia e iniciar a caminhada. Nada disso é possível... Tenho a certeza do sucesso até o cume do Island Peak. Nada vai nos deter!

"E se não der certo?", pergunta Hélio, deitado na cama ao lado, também lutando contra a insônia. Antes que eu organize uma resposta, ele mesmo se antecipa: "A vitória está na nossa viagem, na presença de todos nós aqui, e não no cume da montanha". O bom senso sugere que ele está correto; porém, não consigo considerar muito as afirmações equilibradas. Estamos dando o maior passo na jornada que começou há sete dias. A partir de agora só valem a nossa determinação, nossa resistência física e nossa disposição para alcançar os objetivos.

Nas montanhas

Às quatro e meia da manhã pulamos da cama e em alguns minutos nos reunimos para o "café da partida". Na noite anterior cada um separou o material que seria desnecessário nas montanhas: camisetas de algodão, bermudas, livros, tênis, suvenires, foram guardados em malas e depositados no hotel para serem retirados na nossa volta. A partir daquele dia só teríamos conosco o sacolão, onde ficariam as roupas e os equipamentos de trekking e escalada, e a mochila, em que cada um levaria objetos de uso pessoal.

Depois de um rápido café com leite, pão e ovos, seguimos para o Tribuvan Airport, ao lado do aeroporto internacional. Os problemas políticos do país mais uma vez se mostraram com muita clareza quando nos aproximamos do prédio. A 150 metros do terminal paramos numa barreira do Exército. Após a identificação, seguimos por uma pista asfaltada cheia de obstáculos de ferro e arame farpado, ora à esquerda, ora à direita, o que obrigou o motorista a fazer vários ziguezagues. Dois carros blindados e vários soldados armados com metralhadoras, postados ao longo da via, acompanharam a nossa movimentação.

O dia clareava e, passadas as barreiras militares, a perua estacionou. Faltavam quarenta metros para alcançarmos o edifício e tivemos que continuar a pé. Para evitar atentados, os veículos estacionam longe do ponto de embarque e os viajantes é que carregam a bagagem. Também como medida de segurança, as autoridades não mais aceitam cópias xerografadas do passaporte, o que nos obrigou a levar o documento original para as montanhas, com todos os riscos que a perda dele poderia acarretar.

O terminal para embarque doméstico, ao contrário do aeroporto internacional que fica a poucos metros, está mais para rodoviária de cargas. O salão é pequeno e abriga cerca de uma dúzia de companhias aéreas instaladas em pequenos guichês. O local é barulhento – gritam os carregadores, os encarregados das empresas e os atendentes. No balcão da Shangri-la[3] Air, os procedimentos de embarque foram rápidos e deixamos a bagagem empilhada. No último minuto ainda tivemos que despachar os bastões de caminhada, mais uma determinação da segurança.

As condições do tempo é que definem o funcionamento de todos os aeroportos do Nepal. Os ventos mudam muito rápido, nuvens se formam e desaparecem com uma velocidade impressionante e as pistas são segui-

---

3. Nome que nos remete ao filme *O horizonte perdido*, filmado pela primeira vez em 1937, com direção de Frank Capra, e refilmado em 1973, dirigido por Charles Jarrott. Trata-se da história de um grupo de sobreviventes de um desastre de avião que vão parar em um reino perfeito – Shangri-lá –, onde as pessoas não envelhecem e vivem felizes. O reino é alcançado após uma longa caminhada entre montanhas geladas.

damente abertas e fechadas. A maioria dos vôos parte de manhã, quando a visibilidade é melhor. Controle aéreo com radares sofisticados só no aeroporto internacional; nos vôos regionais, os pilotos usam a experiência, o rádio e, sobretudo, a avaliação visual para pousar e decolar. Por isso esperamos mais de uma hora até que fosse dada a autorização para embarcar no Twin Otter canadense de vinte lugares em direção a Lukla.

Lukla é a porta de entrada do Parque Nacional Sagarmatha, na região do Khumbu, onde está o conjunto de montanhas mais altas do mundo. A principal fonte de renda de sua população provém do movimento trazido pelos aviões e do comércio de objetos e equipamentos para os aventureiros. O local só passou a ser considerado "cidade" com profundas mudanças de infra-estrutura promovidas na década de 1960. Até então, os viajantes que partiam da capital conseguiam chegar a Lukla depois de uma sofrida caminhada de muitos dias, cruzando rios e vales. Em 1964, Edmund Hillary, o neozelandês que havia conquistado o topo do Everest onze anos antes com o sherpa Tenzing Norgay, decidiu abrir uma pista de pouso no meio das montanhas. O objetivo era facilitar a chegada de material e dos equipamentos necessários à construção de um hospital e de uma escola, que ergueram na região. O aeroporto transformou a aldeia e mudou a história da aventura no país. Para esportistas e turistas ficou mais fácil alcançar a região, e a rota tornou-se quase obrigatória para todos os que buscam as altas montanhas.

A aldeia está a 160 quilômetros de Katmandu, e o vôo de quarenta minutos custa 110 dólares. A pista de pouso é asfaltada, mas mantém as características singulares da construção original: tem apenas 534 metros de comprimento e termina num paredão de pedra. E mais: apresenta dez graus de inclinação, ou seja, a cabeceira é dez metros mais baixa do que o fim da pista, que termina no alto!

Pousar aqui é uma das mais emocionantes experiências que uma pessoa pode viver. O avião que traz os turistas tem apenas duas fileiras de poltronas que não reclinam, uma de cada lado; não existe porta separando a cabine do piloto da área de passageiros, e a comissária distribui tufos de algodão para serem colocados no ouvido a fim de proteger os tímpanos do forte barulho provocado pelos motores pendurados, um em cada asa. Partindo da capital, em poucos minutos deixamos para trás os campos verdes que ocupam as encostas das montanhas mais baixas, as plantações sumiram e no lugar delas apareceram terrenos mais pedregosos, com pouca vegetação.

A paisagem da região há cinqüenta anos percorrida a pé por Edmund Hillary e Tenzing Norgay em direção ao Everest mudava à medida que o vôo prosseguia. Surgiam montanhas mais altas e, no meio delas, vales profundos que terminam em rios formados pelo degelo. O avião fez pequenos movimentos para cima e para baixo, com dificuldade para se manter estabilizado, e nós sofríamos a cada chacoalhada. Olhávamos para a esquerda, acompanhando os grandes picos, centenas deles, colados uns aos outros numa só base rochosa, todos cobertos de gelo. Estavam a quilômetros de distância, mas o cenário magnífico e a emoção nos faziam crer que se encontravam ao alcance das mãos. O piloto manobrou para baixo, estabilizou o avião e se preparou para passar entre dois picos. Reduziu a altura, encarou as duas pontas de pedra e o vazio no meio delas, segurou firmemente o manche e, com a tranqüilidade natural de quem já realizou a operação centenas de vezes, atravessou o pequeno espaço aéreo sem dificuldade. Assim que respiramos aliviados, o avião mergulhou. Embaixo, no meio das montanhas, uma linha mais clara indicava a posição da pista. E tome adrenalina! O piloto reduziu a velocidade, o barulho dos motores diminuiu e a pista cresceu à nossa frente. A pequena aeronave afundou no vale até se alinhar a uma altura compatível com a cabeceira. Em instantes, estava sobre a pista, com o bico levantado para não espatifar sobre o asfalto, e as rodas afinal tocaram o chão. O terreno em aclive ajudou os freios a reduzir a velocidade, porém a pista é curta e só no fim do asfalto, a menos de vinte metros de uma parede natural de rochas que fecha o caminho, é que se tinha a impressão de que ela estava sob controle absoluto do piloto. Ele deu uma guinada para a direita e pronto: chegamos ao pátio em que os aviões taxiam, uma área asfaltada que pode receber no máximo dois de pequeno porte ao mesmo tempo. O piloto percorreu alguns metros, fez um giro de 180 graus, e, quando a aeronave estava novamente de frente para a pista, o motor foi desligado. Nossa saída foi rápida porque outro grupo de trekkers estava pronto para embarcar. Nós nos abraçamos para uma só foto, enquanto um funcionário do governo gritava para deixarmos a pista. De novo lotado, o avião seguiu lentamente para a frente, virou à esquerda, os motores foram acionados a toda a força e ele correu pista abaixo... Tivemos tempo para uma última olhada – o aviãozinho usou todo o asfalto e mergulhou no vazio. Alguns segundos depois ganhou altura e reapareceu aos nossos olhos já bem distante, rumo a Katmandu.

Refeitos do impacto da chegada, percebemos que estávamos num outro mundo, em uma nova dimensão, não no sentido geográfico, mas em relação ao ambiente – cercados por montanhas, algumas cobertas por poucas árvores que deixavam aparecer a terra escura. A maioria, porém, tinha os cumes nevados, com tons que variavam entre o branco-brilhante, que refletia a luz do sol, e o mais opaco, conseqüência de nevascas mais recentes. O ar seco e o vento frio indicavam que a partir daquele ponto as blusas pesadas seriam nossas companheiras permanentes, de manhã à noite.

O céu sem nuvens tinha um tom intenso de azul. A única cor capaz de manchar o que parecia uma pintura da natureza era a fumaça esbranquiçada que saía das chaminés das casas construídas perto da pista de pouso. Mas o maior impacto foi provocado pelo silêncio. Já sem o som dos motores do avião, nada mais ali produzia barulho. As vozes das pessoas ganharam nova dimensão, ficaram mais claras e, à medida que nos afastamos do aeroporto, ouvíamos apenas o som de nossos passos subindo os primeiros degraus de pedra junto ao portão de saída. O silêncio do ambiente nos acompanharia enquanto estivéssemos no Himalaia.

Os abrigos rústicos também são parte da vida nas montanhas. O primeiro que conhecemos foi o Himalaya Lodge, bem em frente ao aeroporto, local quase obrigatório para todos os que vão para a trilha do Everest. Tomei minha primeira xícara de chá e, entre os três sabores disponíveis – gengibre, chá tibetano e de limão –, escolhi o último. A bebida quente, leve e hidratante é ideal – álcool, nem pensar... Teremos que ingerir quatro litros de água por dia: dois durante as caminhadas e outros dois na forma de chá e sopa. O frio e o ar seco, bem como o esforço físico, provocam intensa perda de líquidos, fato que os viajantes não percebem. Tomar muita água é a forma mais eficiente de compensar o que foi gasto, além de evitar o risco da desidratação, que consiste no primeiro passo para o aventureiro ser acometido pelo mal-da-montanha.

Não existem hotéis no Himalaia, mas espécies de pensões. Todas são muito parecidas – têm um refeitório, comprido, com bancos fixos de madeira junto à parede formando um U e um aquecedor no centro. Uma das portas dá acesso à cozinha, tosca, com fogão a lenha e prateleiras na parede. No andar de cima ficam os quartos dos hóspedes e, num cômodo dos fundos, a casa dos proprietários. Nas trilhas calcula-se que existam trezentos alojamentos; alguns, um pouco mais limpos e confortáveis. A maioria, contudo, foge completamente ao padrão mínimo de limpeza e higiene.

Durante a segunda rodada de chá, Manoel deu as primeiras recomendações para que a caminhada fosse tranqüila: cada um deveria seguir seu próprio ritmo, sem se importar com a velocidade dos outros; ninguém deveria ser rápido, mas constante, o que evitaria o desgaste físico desnecessário; se a respiração ficasse ofegante, deveríamos parar para recuperar o fôlego; e a cada trinta ou quarenta minutos haveria uma parada geral para tomar água. Aprendemos também a regular os *sticks*, os bastões de caminhada. Eles deveriam ficar na altura da cintura para serem empunhados como se fossem pernas adicionais. Os braços ficam na posição de um L e, à medida que nos movimentamos, os bastões servem de apoio para o corpo, antes de a perna receber todo o peso. Angela, Regina e Natália já tinham experiência no uso do equipamento porque já fizeram trilhas, assim como Marcelo, que os usou na rota para Santiago de Compostela. Eu achava tudo estranho e somente o uso iria me provar se aquilo realmente era funcional ou não. Último aviso: para que tivéssemos cuidado com os iaques, os bois do Nepal. Eles caminham pelas mesmas trilhas utilizadas pelos turistas e não se detêm diante de um obstáculo. O primeiro da fila deve gritar "iaque ataque!" tão logo veja o bicho se aproximando, para que os outros tenham tempo de sair do caminho deles. Depois, é preciso ficar quieto, levantar a mão na altura do peito e balançar o bastão lentamente. O animal percebe o movimento e desvia. Colocamos as mochilas nas costas, tendo o cuidado de amarrar bem cada compartimento. Quanto mais justos ficam os objetos e mais bem presa estiver a peça às costas, menor o peso que o carregador sente.

Atravessamos a cidade passando por dezenas de lojas de equipamentos para caminhada e escalada e pegamos a trilha pela primeira vez. Sentia-me meio desajeitado com os bastões e ainda sem coordenação suficiente para que eles fossem bons apoios para o corpo. Às vezes eram chutados pelos pés, em outras, movidos no mesmo ritmo das pernas, sem reduzir em nada o meu esforço. Só o tempo me daria a intimidade necessária para que eles realmente me auxiliassem.

O primeiro trecho da caminhada não assustou porque as subidas e as descidas eram curtas e permitiram nossa recuperação natural. A 2840 metros de altitude, ocorre o aumento das freqüências cardíaca e respiratória. É quase instantâneo – ao chegar a Lukla, o batimento cardíaco torna-se 20% maior e a respiração fica mais rápida. É o corpo desenvolvendo mecanismos para compensar a diminuição da pressão atmosférica e, como conseqüência, a redução da inalação de moléculas de oxigênio a cada inspirada. A quantidade de glóbulos vermelhos no sangue aumenta e com isso o coração consegue carregar mais oxigênio por bombeamento. Com o crescimento da captação de oxigênio, o gás chega em maior quantidade ao músculo. São alterações fisiológicas normais e esperadas, mas nenhum de nós se mostrou preocupado com isso; estávamos entusiasmados com o caminho, com as novidades, e ninguém se lembrava da própria condição física.

A região do Khumbu é um vale de cerca de 1100 quilômetros quadrados que começa em Lukla e segue até o monte Everest. Na trilha de terra, e com o sol da manhã que naquela época do ano torna os dia mais quentes, pudemos caminhar usando camiseta de mangas curtas. Mas a cada parada o vento se fazia sentir e num instante estávamos novamente usando blusas. É difícil imaginar que naquela área do mundo, há 60 milhões de anos, houve um mar. Estudos geológicos registram que os subcontinentes da Índia e da Austrália eram unidos e se chocaram com a Eurásia. Como resultado, uma placa correspondente à Índia teria deslizado sob o fundo do mar e avançado 6 mil quilômetros para o norte. Sob pressão, o fundo do mar teria se dobrado e emergido, e a crosta terrestre se deformado. Era o início do surgimento das montanhas. Para os hindus, o Himalaia é uma flor de lótus que nasceu das águas. Os geólogos preferem afirmar que seria uma cicatriz, resultado da união dos continentes. Outros estudos encaminham para a tese de que persistem os movimentos geológicos até hoje. O subcontinente indiano estaria se introduzindo como uma grande cunha por debaixo da Ásia central, o que explicaria a elevação do Tibete e o crescimento contínuo das maiores montanhas do Himalaia, cuja altura aumenta alguns centímetros por ano.

À medida que avançávamos, saudávamos com um *namastê* as pessoas que passavam por nós e contornávamos as pedras de oração, os *mani*, pela esquerda, deixando o lado direito do corpo mais próximo do local sagrado. Cada *mani* tem inscrições em alto-relevo, em geral o mantra budista *om mani padene hum*. Caminhamos entre bosques em ritmo lento porque a cada minuto um de nós parava para fotografar até chegar ao Dudh Kosi, o "rio de leite", formado pelo degelo da neve do Everest. Em março ele é apenas um pequeno fio de água que bate nas pedras e, deslizando sobre o terreno irregular, forma espuma – daí o nome. No segundo semestre, ao contrário, findo o período das monções, o rio chega a ter quatro metros de profundidade e ondas agitadas, provocadas pelo confronto da água com as pedras. A ponte de mais de cinqüenta metros de comprimento que cruzamos em seguida, suspensa entre as duas margens do vale, indicava que na época do degelo aquele "filhote" da maior montanha do mundo se transformava seriamente.

O primeiro almoço nas montanhas ocorreu depois de três horas de caminhada em Phakding, a 2610 metros, num abrigo construído no fundo do vale e cujo refeitório era todo envidraçado e mais quente. A refeição foi composta de uma suculenta sopa de batatas e de macarrão com legumes, tudo por um dólar e meio. Foi somente após as primeiras garfadas que nos demos conta de que os nepaleses adoram alho e o adicionam a todos os pratos em grande quantidade. Alguns deixaram parte da comida. A alimentação é uma fonte de problemas para boa parte dos estrangeiros no Nepal. Para evitar os riscos da comida crua, os pratos cozidos se repetem e, com o passar dos dias, tende-se a rejeitar a refeição, sempre igual. O mal-estar provocado pela altitude também leva alguns a diminuir a ingestão de água. Ao se alimentar mal, o viajante não acumula a energia necessária para vencer as trilhas e, se a hidratação não estiver nos níveis adequados, pode sofrer ainda mais. Essas duas variáveis, porém, não seriam problemas para mim. Desde o começo da viagem eu estava determinado a comer em todas as refeições e a beber tudo o que fosse recomendado. Não seriam esses os motivos que iriam atrapalhar o meu caminho para o Everest e para o Island Peak.

A jornada terminou em Toktok, a 2650 metros de altitude, depois de mais quarenta minutos de caminhada, numa hospedaria sem nenhum conforto. Um cálculo simples indicaria que descemos 190 metros no primeiro dia de caminhada, má notícia para quem ainda tinha muito a subir. É que as trilhas nepalesas foram abertas há centenas de anos por grupos nômades ou carregadores, que escolhiam o caminho de acordo com o terreno sem jamais levar em consideração nenhuma idéia de economia de tempo. Assim, as trilhas serpenteiam no meio das montanhas e são comuns os dias em que os viajantes descem muito para subir o dobro na jornada seguinte. Mas naquele instante isso não nos preocupava. Apesar de estarmos empoeirados e desgastados pela primeira jornada, ninguém encarou o desafio do banho. A casinha de banho era suja, sem contar que ficava do lado de fora do alojamento. Preferimos tomar chá até a hora do jantar em vez de enfrentar o frio de quatro graus às sete da noite. Repetimos o macarrão e as batatas e nos recolhemos. Com as novidades do primeiro dia, conseguimos dormir alegres e tranqüilos, cheios de uma expectativa muito boa para o dia seguinte. Quando nos enfiamos no saco de dormir, a temperatura era de três graus positivos. Às cinco da manhã, ela tinha caído para -1,7 °C.

Estiquei o saco de dormir sobre o estrado, abri o zíper na lateral, tirei a roupa e entrei. Em segundos meu corpo sentiu os efeitos da noite fria e comecei a tremer enquanto puxava o fecho até a altura do ombro. O tecido que revestia as penas de ganso do saco de dormir era gelado e demorou alguns minutos até que o calor do corpo provocasse as primeiras sensações de bem-estar. Sentia-me encaixado dentro da cauda da "Pequena Sereia". O saco incomodava, prendia o corpo e permitia poucos movimentos, mas em alguns minutos eu já estava quente e entendi por que é necessário dormir sem roupa – se estivesse vestido dentro do equipamento, que tem capacidade para suportar temperaturas de até trinta graus negativos, eu teria sido fritado. Virei de lado e terminei de fechar quase todo o zíper, ficando com apenas uma pequena abertura diante do rosto. A tentativa de encontrar a melhor posição era inútil, a sensação de claustrofobia aumentava e eu coloquei o rosto para fora. O travesseiro inflável mostrou-se imprestável: não era macio e os cantos machucavam o pescoço. Meus ombros e as costas doíam muito e o corpo reclamava pelo esforço de algumas horas carregando a mochila com cerca de oito ou dez quilos. Os músculos queimavam e a intensidade da dor me assustou. No relaxante muscular que tomei antes de dormir depositei toda a minha esperança de que o problema passaria. E se a dor continuasse? Se no primeiro dia eu já sentia os efeitos do desgaste físico, como seriam os outros? A minha preparação física tinha sido em vão?

Não havia cortina no quarto, porém as nuvens escondiam a luz da lua e a escuridão era total. A cabeça martelava sem parar dúvidas e mais dúvidas. O sono chegou, ouvi a respiração forte vinda das outras camas. Todos dormiam.

Sobe!

Seis, sete, oito, aquela manhã marcou o início da aplicação de uma regra espartana de horários que seguiríamos até o fim da viagem. Seis da manhã era o horário para acordar; às sete todos rumavam para o café, tendo o cuidado de deixar os equipamentos pessoais arrumados no quarto, bem como o sacolão fechado para que os carregadores pudessem se preparar para a partida, que acontecia pontualmente às oito. O primeiro despertar não foi traumático. Santos, o cozinheiro sherpa, percorreu o corredor ainda escuro batendo nas portas. Equilibrava nas mãos uma bandeja com uma dúzia de canecas e uma garrafa térmica de chá quente. *Good morning, lemon tea?*, perguntava sorridente quando destrancávamos o ferrolho. Era uma forma simpática de começar o dia e o chá quente reduzia o impacto de ser retirado do descanso.

O desjejum não poderia ter sido melhor – aliás, foi surpreendentemente bom para a situação pobre do local. Tivemos café, leite e chocolate, aveia, ovos mexidos e omelete. Tudo acompanhado pelo *chapati*, uma espécie de pão sírio feito de massa de farinha de trigo e água que, depois de esticada, é colocada na chapa quente para fritar. Se for frito no óleo, o pão cresce, ganha volume, fica fofo e muda de nome – passa a ser pão tibetano. Com um pouco de geléia de morango ou mel, acabou por se tornar uma combinação bastante requisitada na alimentação matutina.

"Venham ver aqui!", gritou Hideko na porta do refeitório para o grupo que ainda tomava o último gole de café. Já do lado de fora surgia o Thamserku, com 6608 metros, ladeado por outras duas montanhas menores. O cume, triangular, todo coberto de neve, refletia o sol recém-surgido, e logo abaixo os reflexos da luz sobre a rocha escura produziam tons alaranjados. Um espetáculo que tornou mais estimulante o começo do dia. Para injetar mais ânimo ao grupo, Manoel fez pouco caso de toda aquela beleza: "Isso é pouco, o melhor ainda está por vir". Tínhamos certeza disso, o que não diminuía a emoção do momento.

Iniciada a jornada, de imediato percebemos que a linda paisagem seria a compensação para o esforço físico. O grupo seguiu num só ritmo, a dois ou três metros de distância um do outro, até a parada para beber água e encher os cantis.

Uma pastilha de iodo era suficiente para purificar um litro de água.

Nós as introduzimos nos recipientes e em uma hora o líquido estava pronto para ser bebido, o que não significa que a água estivesse livre das impurezas; ao contrário: mesmo potável, a cor turva, conseqüência da presença de sedimentos e de terra, se manteve. (No Brasil o iodo é usado para prevenir o bócio. Nós o usamos no Nepal porque ele é considerado por muitos alpinistas mais eficiente que o cloro.)

Naquela manhã atravessamos o "rio de leite" quatro vezes. Também dá para perceber que a maioria das pontes que levam ao interior do país foi refeita recentemente e tem estrutura de aço, o que garante a segurança. Apesar disso, com pouco mais de um metro de largura, elas balançam sem parar à medida que passamos sobre elas. No meio do caminho forma-se uma enorme barriga e o vento que corre forte pelo fundo do desfiladeiro aumenta o movimento e a sensação de que a pessoa pode ser lançada para o ar a qualquer instante.

O caminho dos aventureiros é o mesmo dos carregadores sherpas e dos *dzokpios*, animais resultantes do cruzamento do iaque (comum na região das montanhas mais altas) com o boi. Eles podem ser encontrados em todas as trilhas e transportam mercadorias entre as principais aldeias, que estão a até 3 mil metros acima do nível do mar. Como são animais grandes e que transportam cargas largas, era preciso estar atento antes de entrar nas pontes: quando um grupo de *dzokpios* ingressava antes no sentido contrário, não sobrava espaço para nada e só nos restava esperar, na outra ponta, a passagem de toda a caravana. E muitas vezes eram vinte, trinta animais.

Depois de três horas de caminhada, Manoel avisou que a subida mais difícil ia começar. Até então tínhamos parado apenas uma vez para descansar. Logo retomamos o percurso e foi mais difícil do que imaginávamos. A trilha contornava a montanha acima, virando à direita e à esquerda seguidamente. A irregularidade do terreno formava degraus de vinte a quarenta centímetros de altura. A natureza impunha obstáculos à nossa passagem. Nós nos apoiávamos nos bastões e tentávamos jogar ao máximo o peso nas barras de metal para aliviar o esforço das pernas. Mas não era fácil. O grupo quase não conversou, pois toda a energia estava concentrada na trilha. Transpirávamos muito e isso provocava um incômodo adicional: nas paradas tivemos que vestir as blusas por causa do vento frio. Suely e Hideko foram as últimas: elas subiram bem devagar, mas conseguiram manter o ritmo. O restante do grupo, mais à frente, seguia compassadamente o guia.

À medida que a subida era vencida, a paisagem ficava mais bonita. A certa altura passamos a ter neve no nosso caminho. Os flocos brancos, aqui e acolá, não atrapalhavam; ao contrário, significavam cor e novidade, por isso eram bem-vindos.

Qual não foi nosso alívio ao alcançarmos Namche Bazar, a 3440 metros, no meio da tarde, quase seis horas depois do início da jornada. Paramos para uma foto na entrada da cidade, mas os semblantes não eram dos melhores, quase todos estavam esgotados e apenas dois de nós conseguiram esboçar sorrisos, ainda que sem convicção.

Namche Bazar é encravada na montanha. Quem olha a cidade de frente identifica logo dezenas de linhas horizontais fincadas na rocha, de onde pendem casinhas pequenas, penduradas no precipício. É o mais importante centro comercial da região e tudo o que se vê por ali chegou nas costas de carregadores ou no lombo dos animais. Ali há correio, lojas de câmbio, cibercafé (com sete computadores) e um local onde os turistas conseguem lavar e secar roupas (duas máquinas de cada tipo). Para os montanhistas que ainda necessitam de equipamentos, há lojas que vendem produtos importados para caminhada e escalada, dos mais simples aos sofisticados, atendendo a todos os bolsos e aos mais diferentes objetivos. Também é possível telefonar para o Brasil pagando três dólares por minuto de conversação.

O lugar já teve maior relevância econômica. Historicamente, a vila era o centro de um grande mercado de trocas. Para lá seguiam os tibetanos, que traziam do norte o sal de excelente qualidade e a lã; os nepaleses, interessados nessas mercadorias, ofereciam manteiga e cereais. Em 1959, com a invasão chinesa no Tibete, o comércio entre os dois países foi suspenso. Somente 31 anos depois os chineses voltaram a permitir que os comerciantes tibetanos deixassem o país para negociar com os vizinhos do outro lado do Himalaia. A feira, que existe até hoje, é realizada sempre aos sábados e reúne muitos comerciantes.

Entramos exaustos no abrigo. Os carregadores já estavam no *lodge* e os sacolões tinham sido depositados nos quartos, mas ninguém demonstrava a menor disposição para subir a escada e procurar o seu. Desabamos sobre os assentos do refeitório, sem pensar em outra coisa que não fosse ficar quieto por um tempo. O chá quente foi logo servido, mas não foi suficiente para nos tirar do estado de torpor.

Trinta por cento das pessoas que sobem acima de 3 mil metros de altura têm dor de cabeça. Ela costuma se manifestar três horas depois de o ponto mais alto ser alcançado, tempo necessário para o organismo sentir as conseqüências do ar rarefeito. Marcelo e Renato viveram a experiência com enorme intensidade. Assim que chegamos a Namche, eles pararam de falar, perderam a disposição para qualquer coisa e também o apetite. "A cabeça latejava, senti uma pressão muito grande", contou Marcelo, "era insuportável." Insistimos para que se alimentassem, mas eles não jantaram, nem mesmo conseguiram tomar uma caneca de chá. Foram medicados com Diamox[4] e se deitaram por volta das oito da noite.

Quem também sofreu bastante na subida, com dores no joelho, foi o Hélio. Pouco antes de dormir, ele perguntou ao guia: "Isso é o pior, não?". Para decepção geral, essa foi a resposta de Manoel: "Não, está no jogo, é tudo mais ou menos assim".

4. Diurético suave, indicado para o tratamento do glaucoma. Como efeito colateral provoca a acidose metabólica, ou seja, baixa do pH sangüíneo. O organismo reage com a hiperventilação, que, no caso da altitude, favorece a aclimatação.

Fui o primeiro da turma a experimentar o banho no Himalaia. O banheiro ficava fora da casa, como na maior parte das construções da região. Lavar o corpo nessa parte do mundo significa comprar vinte litros de água quente, desafiar o frio e sofrer um bocado. Tirei as blusas mais pesadas, calcei o chinelo de dedo e perambulei pelo refeitório enquanto aguardava pela água. A porta se abriu e um nepalês sorridente anunciou "Shower!", virou as costas e saiu, e eu o acompanhei, no frio. O homem andou dez metros carregando um panelão de água fumegante, se aproximou da casinha, subiu numa escada e despejou o líquido numa caixa de amianto presa no telhado. Entrei no pequeno banheiro, tirei toda a roupa e, tremendo sem parar, esperei pelas primeiras gotas. Do chão de cimento subia uma friagem doída, enquanto o vento gelado passava livremente por meio das frestas da porta e do telhado. Abri a torneira e caíram os primeiros pingos. Como não havia um sistema que permitisse misturar a água quente com a fria, o líquido fervente foi direto para a minha cabeça. Xampu no cabelo, sabonete no corpo, não dava nem para pensar: me esfreguei rapidamente, tendo o cuidado de evitar a água por alguns instantes para não queimar a pele, e em seguida voltei para debaixo dela. Bem mais depressa do que eu poderia imaginar, o banho já tinha terminado e havia sobrado água!

A sensação de ter o corpo limpo outra vez foi maravilhosa! Depois de dois dias com a mesma roupa, empoeirado e cansado, a água quente fez um bem enorme; me senti revigorado. Um simples banho nas montanhas geladas se revestia de características completamente novas: por ser difícil e sofrido, passa a ter mais valor.

A turma do peso

A feira de Namche Bazar ocupava o fim de uma rua. Ao contrário das feiras livres tão comuns no Brasil, que se espalham por várias quadras, a dos nepaleses se concentrava num barranco: eram três ruas paralelas, cada uma com cinqüenta metros de comprimento. Assim, quem estava na primeira, mais ao alto, podia ver as outras, montadas alguns metros abaixo.

Naquela manhã de sábado, conseguimos enxergar pouco à nossa frente; o termômetro marcava zero grau às oito horas e a neblina encobria a cidade. Quando deixamos a hospedaria, o frio nos obrigou a usar pela primeira vez luvas mais grossas, gorro e o blusão corta-vento. Às cinco da manhã, o termômetro tinha marcado -2,7 °C. Com a primeira alimentação do dia e o chá quente, deu para suportar o vento gelado.

O movimento na feira era grande. Não existem barracas ou estrutura para a venda das mercadorias – fica tudo espalhado pelo chão. A variedade de produtos era enorme: sacos com vários tipos de arroz e cevada se misturavam a caixas de cerveja alemã e querosene. Ovos eram expostos junto de latas de iogurte, verduras e legumes. No fim da primeira rua, a mais alta da feira, estavam concentrados os vendedores de carne, que ofereciam peças grandes, em geral costela de iaque. Depois de vendidos, os pedaços, que estavam sobre jornais depositados diretamente sobre a terra, eram colocados dentro das sacolas dos compradores sem nenhuma embalagem. Em poucos minutos foi possível perceber que nada restou do sistema de mercado originalmente criado como um entreposto de trocas entre tibetanos e nepaleses, no século XIV. Só identificamos três ou quatro tibetanos entre dezenas de pessoas que participavam da feira. O mercado de Namche tinha se transformado num posto de venda comum, onde comerciantes e pequenos produtores comercializavam seus produtos e os moradores da região abasteciam suas casas.

Estava satisfeito com a minha condição física. Tinha agüentado bem o esforço do dia anterior; me cansei no final, é verdade, o que era esperado, mas sentia que meu corpo suportara bem a subida. Estava preocupado com o grupo. O estado de saúde debilitado de Renato e Marcelo era um alerta. Outros de nós sofreriam da mesma forma? Hideko e Suely caminharam sempre no fim da fila, pareciam despreparadas. Natália diminuiu seu ritmo para acompanhar a mãe, que sofreu um pouco.

As contradições fazem parte do nosso dia-a-dia. O esforço cansa, esgota, dói. Mas a sensação de vencer o terreno, as dificuldades, alivia todas as dores, da cabeça à alma. A resistência física, a capacidade do organismo de se adaptar ao ambiente e a disposição para suportar as dificuldades pessoais determinariam nossos rumos nos próximos dias.

A dor de cabeça que latejava na fronte desde que acordei já tinha passado sob efeito de um analgésico. Por um momento cheguei a pensar que estaria sofrendo do "mal-da-montanha" e, antes que o mal-estar aumentasse, tomei um comprimido que resolveu a questão. Marcelo e Renato pareciam recuperados dos problemas da noite anterior. Mas Renato não estava à vontade, não tomou o café-da-manhã e pela primeira vez falou em voltar. A comida não lhe agradava, nem as condições de hospedagem, que ele considerava muito ruins – a sujeira, em especial, o incomodava demais.

O tempo estava fechado quando partimos, e isso baixou o ânimo do grupo. Uma subida não muito íngreme, mas longa, contribuiu para acabar com as conversas. Em poucos minutos todos estavam ofegantes, ouvindo apenas o som das botas pesadas, ritmadas, passo após passo, e a respiração forte de cada um. Todo início de caminhada era assim, quer fosse de manhã, quer após o almoço, já que o corpo ainda frio demora a entrar no ritmo. O grupo sentia falta de ar e o bate-papo desaparecia, até que estivéssemos mais aclimatados.

Quem parecia não sofrer eram nossos carregadores e os guias nepaleses. Simpáticos e sorridentes, eles nos cativaram desde o primeiro dia em Lukla. Som Bahadur Tamang, quarenta anos, era o *sardar* (ou *sirdar*), o chefe da equipe. Experiente, já tinha participado de várias expedições a montanhas de 8 mil metros e a ele cabia comandar a equipe de oito sherpas. Santos Bahadur Magar, o encarregado de nos acordar com o chá matutino, cozinhava com a ajuda do irmão Tec Bahadur Magar, enquanto Nima Lama, de 32 anos, era o faz-tudo. Falando fluentemente inglês, ele contava histórias com a mesma disposição com que carregava as mochilas de quem estava cansado, pagava as contas nos abrigos ou se apressava para chegar antes aos lugares de parada e preparar o local para a estada do grupo. Os outros cinco eram carregadores, todos muito jovens; o mais novo, Pemba Tamang, era um adolescente de quinze anos.

Informações equivocadas difundidas no mundo ocidental levam muitas pessoas a acreditar que todos os trabalhadores das expedições ao Himalaia são sherpas. Isso não é verdade. Os primeiros sherpas cruzaram o Himalaia e entraram no Nepal, vindos do leste do Tibete, há quinhentos anos. Fincaram raízes na região do Everest e conseguiram manter sua cultura, a religião budista e o idioma. Com o tempo, uma parte significativa deles se espalhou pelo país, se estabeleceu na capital, Katmandu, e até na Índia. Quando o montanhismo começou a se desenvolver, os sherpas, que têm grande familiaridade com as montanhas geladas, passaram a ser contratados como carregadores das expedições. Fisicamente, eles possuem características genéticas que lhes permitem realizar atividades físicas acima de 3 mil metros de altura sem dificuldades, o que é fundamental para o sucesso das viagens. Quando submetidos aos rigores do ar rarefeito, conseguem respirar mais rapidamente, inalar maior quantidade de oxigênio e sobreviver sem sofrimento nas altas montanhas. Por isso, os sherpas se encontram em uma posição privilegiada em relação às tarefas propostas pelos estrangeiros. Conseqüência: eles se tornaram referência e se valorizaram, são os que hoje recebem os melhores salários. Aos poucos foram deixando as atividades mais difíceis como o transporte de cargas, e assumiram a chefia dos grupos nepaleses nas caravanas e a função de guia de alpinistas nas subidas acima de "oito mil". Independentemente das diferenças sociais e profissionais, o nome da etnia passou a ser usado como sinônimo de "trabalhador das trilhas e escaladas".

Calcula-se que existam de 10 mil a 20 mil sherpas vivendo na região do Khumbu e trabalhando nos caminhos do Everest. Poucos carregam peso – os volumes são levados por jovens de outras etnias, que recebem menos do que eles. Da nossa equipe de carregadores, dois eram sherpas, dois eram *taman*, e um, da etnia *magar*. Para levar trinta quilos nas costas montanha acima, cada um recebia três dólares por dia, enquanto ao chefe da equipe cabia uma cota quatro vezes maior, de doze dólares.

O trabalho com o turismo nas regiões frias do Nepal é sofrido e desgastante, mas a atividade é encarada por muitos jovens como a única alternativa para melhorar de vida. Um garçom em Katmandu recebe um dólar por dia de trabalho num restaurante da capital; um carregador ganha três vezes mais, sem contar as gorjetas, que podem render de trinta a cinqüenta dólares por viagem, mais as roupas e os equipamentos que os turistas descartam ao final da aventura.

Quando o objetivo é a escalada de algum "oito mil", o faturamento cresce: um guia pode ganhar de 2 mil a 3 mil dólares em menos de um mês. Resultado: os sherpas se tornaram mais ricos que os integrantes de outras etnias e aos poucos estão deixando a profissão. Com 10 mil dólares, eles conseguem comprar uma loja em Katmandu ou construir um abrigo de montanha para hospedar os turistas.

Ao longo da trilha fomos nos acostumando a dar passagem para os carregadores que levavam as mais inusitadas cargas nas costas, como portas para residências, bebida, combustível e até enormes antenas parabólicas e aquecedores solares. A carga máxima normal era de trinta quilos, mas os adultos mais fortes chegam a carregar o dobro de peso, e por esse esforço recebem diária dobrada. Quando possível, os pacotes são encaixados num balaio, do qual parte uma tira de pano que é equilibrada na testa do carregador. Independentemente do tipo de produto por ele carregado, é na cabeça que é depositado o maior peso.

Quando chegamos esfalfados a Thamo, a 3493 metros, os carregadores já estavam descansando, os sacolões tinham sido depositados na porta dos quartos e o chá quente nos aguardava. Renato estava alegre, parecia mais disposto, pois gostara do caminho e vencera a trilha de quatro horas sem dificuldade. Hideko, ao contrário, demonstrava muito cansaço e entrou amparada no *lodge*.

Aquele dia marcou o início do nosso período de aclimatação. A regra básica de ajuste do organismo à falta de oxigênio é a seguinte: subir de dia a uma altura maior e retornar para dormir numa altitude mais baixa. Dessa forma, lentamente, o corpo produz mais glóbulos vermelhos e se acostuma a uma condição na qual o oxigênio é cada vez mais raro. Na prática, o organismo é estimulado a uma altitude acima daquela em que vai passar a noite, o que garante um descanso mais tranqüilo. Outra recomendação: o aventureiro não deve dormir a uma altitude acima de quatrocentos metros em relação à noite anterior, e, a cada mil metros verticais alcançados, deve repetir duas noites na mesma altitude.

A parada de uma hora e meia e um bom prato de macarrão com legumes foram suficientes para que Hideko melhorasse e se mostrasse mais disposta para enfrentar a subida da tarde. Nosso objetivo consistia agora no Laudo Gompa, um pequeno templo budista onde vive um casal de monges. O local, isolado, estava 250 metros acima das poucas casas de Thamo e se enquadrava na proposta de subir por algumas horas e então descer para dormir.

"Como eles moram longe", comentou Hélio no meio da tarde, avaliando a distância e as dificuldades do terreno inclinado que começávamos a percorrer. A cada passo a terra solta e as pequenas rochas exigiam mais das nossas pernas. Depois de meia hora de esforço, fomos atingidos por um vento frio e Renato decidiu voltar. "Estou cansado e prefiro ficar lá embaixo", explicou, "assim estarei melhor para amanhã." E tomou o caminho de volta.

Passadas duas horas, estávamos no alto da montanha sendo recebidos pelo casal de monges, que se apressou em preparar uma bebida quente. Pela primeira vez tomei o chá tibetano, uma mistura de chá preto amargo, manteiga de iaque e sal. O sabor lembra o nosso mate com leite, mais salgado. Alguns acham o sabor repugnante, mas por sorte a manteiga estava boa (em zonas remotas, onde não existe geladeira, é comum ela ficar rançosa) e acabei repetindo a dose. Ficamos impressionados com a simplicidade com que eles viviam. Nawan Santieng, a monja de 62 anos de idade, vivia ali desde 1973; já Tsul Time Norbn, que devia ter uns 57 anos, estava no local havia menos tempo, dezessete anos. A vida deles era cuidar dos animais (uns poucos dzopkios e cabras), preparar a alimentação, orar e meditar. A água que consumiam era recolhida do degelo ou, nos períodos mais secos, trazida da aldeia, mais de duzentos metros abaixo. Os monges só iam à cidade mais próxima, Namche Bazar, a cada dois anos.

Foi uma visita rápida porque o tempo mudou repentinamente e iniciamos a volta, ainda sob o impacto daquela experiência de vida dedicada ao crescimento espiritual. A neblina cobriu a região, começou a nevar e a temperatura caiu. Descemos rapidamente para evitar a neve, sem perder o bom humor. "Que lugar para morar!", era o comentário de todos, ou "Se olhar para cima, é longe, para baixo é uma ribanceira". A partir daquele dia, quando um de nós queria se referir a um lugar bem distante, dizia "é depois de onde mora a monja".

Thamo é uma das poucas aldeias da região servida por energia elétrica, produzida numa usina inaugurada em 1994, como resultado de um investimento de seis anos do governo austríaco, que incluiu o Nepal num de seus programas de cooperação internacional. Por mais estranho que possa parecer, as ligações da Áustria com aquele país são antigas. Na década de 1950, o alpinista e agrimensor Erwin Schneider fez um dos primeiros levantamentos topográficos da região. Ele desenhava as montanhas a lápis e seus estudos se transformaram na base dos mapas da marca Schneider, considerados até hoje as melhores plantas cartográficas da região. Alpinistas austríacos contavam suas experiências no país e difundiam na Europa a idéia de ajudar o Nepal. Além disso, a Áustria dominava a tecnologia de construção de turbinas pequenas de alta capacidade para a geração de energia em terrenos acidentados. Assim, a idéia de construir uma hidrelétrica surgiu naturalmente. E também seria uma forma de ajudar o país a reduzir o corte de árvores, que na década de 1980 eram derrubadas em quantidade para serem usadas nas tarefas domésticas, bem como para garantir o conforto dos turistas – no banho quente, por exemplo.

A hidrelétrica se vale de duas turbinas movidas pela água do degelo das montanhas, que desce 250 metros por um tubo de 45 centímetros de diâmetro e um quilômetro de comprimento, com a produção de 620 quilowatts. Comparada aos nossos padrões, a potência da usina não é suficiente para atender às necessidades de um edifício em cidades brasileiras, mas no Nepal ela faz uma enorme diferença. Abastece vilas pequenas como Khunde, Khumjung, Thamo, Thame, Thame Teng, Syangboche e a cidade de Namche Bazar, além de facilitar o funcionamento de lojas e proporcionar mais conforto às famílias.

"Quando vi a aldeia de Thamo pela primeira vez, debaixo de chuva, olhei para o céu, rezei um pai-nosso e disse: 'Se Você existe, me ajude'." Quem lembra o episódio com emoção é o engenheiro mecânico Stefan Kozak, um dos responsáveis pela construção da hidrelétrica no Khumbu e com quem conversei em São Paulo. Era junho de 1994 e, com 28 anos, recém-formado na Áustria, ele assumiu seu primeiro emprego. "Cheguei ao Nepal com uma mochila cheia de livros, fotos da família, dos amigos, CDs, som, vinte e cinco quilos ao todo, pronto para viver um sonho maravilhoso." Kozak comandou a implantação da segunda fase da hidrelétrica depois de um acidente: o rompimento do primeiro reservatório de água construído na montanha. As dificuldades eram muitas, pois os sherpas não falavam inglês, não tinham a mínima noção de como a energia era produzida, e trazer os equipamentos de Katmandu até as montanhas foi uma operação complicada. "Cada pedaço da adutora, com quatro metros de comprimento, foi trazido de Katmandu por oito carregadores, que demoraram duas semanas para chegar! Imagine também o sacrifício que era subir as montanhas levando sacos de cimento nas costas!", rememorou o engenheiro. A hidrelétrica começou a funcionar, paulatinamente, em 1994, e Stefan e seus dez valentes sherpas levaram os fios até as casas (80% dos fios são subterrâneos), instalaram as tomadas e ligaram os cabos. Desenvolveram uma tarifa social, em que as residências pagavam pouco, e as pousadas recolhiam taxas maiores, e um sistema de cobrança. Havia outra dificuldade, que era identificar as casas e seus proprietários. Nas montanhas, não existem nomes de ruas nem números nas casas. Além disso, os sherpas têm nomes muito parecidos: o primeiro nome é o dia da semana em que a pessoa nasceu (Segunda-feira, Terça-feira, Quarta-feira etc.), o segundo é o nome da família, e o último, o da etnia a que pertence. Portanto, a quantidade de homônimos é enorme, e diferenciar os cidadãos para lhes apresentar a cobrança justa só foi possível depois que apelaram para a identificação por meio de apelidos.

Outras lembranças daquele período de um ano e meio que permanecem vivas na mente de Stefan referem-se às tarefas adicionais que acabou executando mesmo sem treinamento especial. Ele lembra que foi também médico e enfermeiro. "Durante meses eu cuidei de uma menina de seis anos que teve queimaduras profundas na perna. Limpava as feridas e trocava o curativo diariamente para que ela não precisasse andar cinco horas até o posto médico mais próximo. E tudo era feito em silêncio, pois um não falava a língua do outro." Há quatro anos o engenheiro, residente no Brasil e hoje executivo em uma multinacional, voltou àquele país para visitar a região e escalar o Ama Dablan. Durante a trilha, sem que nada tivesse sido combinado, ele reencontrou a menina. "Foi um momento de muita emoção, foi muito bom", conta. Da garota ele guarda até hoje uma singela lembrança, um chapeuzinho vermelho que ela usava quando comparecia às sessões de curativos nas manhãs frias das montanhas, com o qual Kozak foi presenteado no último dia de tratamento.

Naquela noite de sábado, o nosso descanso após a subida ao pequeno monastério da monja foi no alojamento que serviu de residência a Stefan Kozak. Os quartos, ainda hoje ocupados pelos funcionários da empresa de energia elétrica do Khumbu, estavam vazios e pudemos nos acomodar. Eram muito simples, organizados, limpos e aconchegantes – tinham até cortinas nas janelas! Foi a melhor noite desde que partimos de Katmandu. De madrugada a temperatura chegou a -6 °C.

Nossa imunidade – a capacidade de defesa do organismo – começou a cair. Sabíamos desde o início que a partir de certo instante o corpo iria se comportar de forma semelhante ao de um portador de uma doença grave, e no terceiro dia de caminhada isso já ocorria. Qualquer incômodo, por menor que fosse, poderia se transformar num grande problema. Suely, por exemplo, estava ofegante e com problemas pulmonares, tossia de noite e o nariz tapado dificultava a respiração. Teve de tomar antibiótico e o medicamente ainda não fizera efeito. Ela estava sofrendo e temia que a situação piorasse.

A quase 4 mil metros de altura percebemos que o corpo reagia de maneira completamente diferente aos estímulos. O frio e a baixa umidade do ar faziam meu nariz escorrer o tempo todo. Nos primeiros dias até usei lenços de papel, mas depois o frio aumentou, as luvas se tornaram fundamentais, e sacar o lencinho do bolso da calça ficou difícil. Deixei como queria a natureza e, quando podia, limpava com o lenço ou com a manga da blusa.

Também já estava mais adaptado à privada, ou melhor, às latrinas. Elas me lembravam as "casinhas" que existiam nos sítios no interior de São Paulo e que ainda são comuns em muitas regiões pobres do Brasil. O desconforto era grande – agachar, equilibrar o corpo e fazer as necessidades. No entanto, eu estava determinado a me adaptar às circunstâncias e, ainda que não me sentisse bem em determinados momentos, como na "hora da privada", não permitiria que isso se transformasse em um obstáculo.

GIGANTES

O caminho se tornou mais bonito, com o branco da neve que víamos por todos os lados, e daquela manhã em diante o gelo faria parte do nosso dia-a-dia. Com o acúmulo da neve a temperatura caía naturalmente, e o frio era mais intenso quando entrávamos numa área coberta por árvores, ou quando as nuvens escondiam o sol. Estávamos rodeados por montanhas que, a cada momento, pareciam mais belas.

O gelo acumulado nos cumes e nas encostas íngremes mudava a paisagem, escondia o pouco verde ainda existente, e mesmo com o frio incessante nós nos sentíamos estimulados. A neve conseguiu alterar o estado de espírito do grupo.

Renato, que era a nossa maior preocupação, acordou bem-disposto e começou o dia anunciando estar cheio de energia. Era uma manhã agradável, de azul intenso, e o caminho não seria difícil: subidas curtas, entremeadas por terreno plano. Partindo de Thamo, passaríamos por Shyangboche, a 3720 metros, até chegar a Khunde, a 3840 metros, um percurso de três horas e meia, no máximo quatro. Nosso destino estava a pouco mais de quatrocentos metros acima da altitude da noite anterior, e a idéia era subir ainda mais no período da tarde, até a 4100 metros, para mais um período de aclimatação.

Por todos os lugares por onde passamos, a grafia dos nomes próprios chamava a atenção. O nepalês, a língua oficial, tem como raiz o sânscrito, mas existem dezenas de grupos étnicos diferentes no país, que falam mais de cinqüenta línguas e dialetos próprios. A identificação dos lugares na trilha do Everest era de responsabilidade dos proprietários de lojas e abrigos, e a grafia acabou por variar de acordo com a etnia de quem escreveu as placas. Quanto aos sherpas, era ainda mais difícil porque a língua deles não é escrita: a correspondência foi feita a partir da transmissão oral, com o som transformado em caracteres de acordo com o nepalês, e daí vertido para o inglês. Dessa forma, Tengboche, por exemplo, podia aparecer em muitos lugares como Thyangboche.[5]

Hélio começou a mancar logo cedo. Uma crise de ácido úrico, que desde o dia anterior o incomodava, agravou o problema, mas mesmo as-

5. Os lugares citados no livro seguem a grafia do Himalaian Map House.

sim, caminhando num ritmo mais lento, ele chegou ao aeroporto de Shyangboche, uma pista de terra no meio das montanhas, usada atualmente apenas por helicópteros que transportam cargas. Durante alguns anos o aeroporto foi um importante ponto de desembarque de aventureiros endinheirados que fretavam helicópteros a fim de comodamente "cortar caminho", evitar o desgaste da subida íngreme até Namche e chegar mais perto do destino final em menos tempo. Ao optar por essa alternativa, contudo, abria-se mão do contato direto com o povo e com a cultura local num dos trechos mais bonitos do interior do país. Também desembarcavam ali caravanas patrocinadas por empresas que investem somas elevadas na divulgação de suas marcas com as escaladas. Porém, o aumento do tráfego aéreo, os freqüentes problemas criados pelas más condições de vôo e o risco do pouso na pista de terra aberta no topo da montanha levaram as autoridades a proibir o transporte de passageiros, e hoje o local se restringe à movimentação de cargas.

Estávamos na segunda rodada de chá quando surgiu um velho e barulhento helicóptero russo.[6] Assim que o aparelho desligou o motor, cerca de vinte carregadores começaram a retirar dezenas de volumes de uma expedição japonesa que ia escalar o Lhotse. Eram grandes pacotes brancos que seriam levados até o acampamento-base no lombo de iaques e nas costas dos carregadores. Em poucos minutos, tudo foi despejado, empurrado e empilhado na pista e, tão logo o compartimento de carga foi esvaziado, as pás do helicóptero foram movimentadas e, levantando um gigantesco redemoinho de terra escura, a máquina iniciou a volta para Lukla.

Retomamos o caminho seguindo em direção ao norte e, às onze e meia da manhã, depois de vencermos uma subida longa, porém não muito inclinada, surgiram à nossa frente algumas das montanhas mais conhecidas do Himalaia. Era o primeiro e tão esperado encontro. À nossa frente, havia um campo seco de terra escura, com rala vegetação queimada pelo inverno. Ao fundo, como se fosse uma paisagem pintada a mão, o mais belo desfile de montanhas: estavam lá a Taboche (6367 metros), o Nuptse (7855 metros), o Lhotse (8516 metros), o Lhotse Shar (8400

6. Era um modelo MI-17, capaz de transportar quatro toneladas de peso e voar a uma altitude máxima de 6 mil metros, mas o ar rarefeito impede que ele pouse ou decole acima de 5500 metros. A aeronave também é usada para o resgate de acidentados nas montanhas.

metros), o Ama Dablan (6812 metros), o Kangtega (6685 metros) e o Thamserku (6608 metros). Caprichosamente, bem no centro, sua majestade, o Everest (8850 metros). Era uma vista espetacular. Subimos numa pequena elevação e despejamos a mochila e os bastões no chão para sorver melhor aquele momento inesquecível. O Nuptse cria uma ilusão de óptica – por estar em primeiro plano, e portanto mais perto do nosso ponto de observação, ele dá a impressão de ser o mais alto.

Do cume do Everest, um pouco mais ao fundo, saía uma nuvem branca, resultado dos fortíssimos ventos que batem na crista triangular da montanha e arrastam os cristais de gelo para o céu. O vento, que muitas vezes impediu o acesso de alpinistas, ajudou a congelar os escaladores despreparados e matou os que teimaram em desafiar a força da natureza, parecia apenas um inofensivo penacho branco. Nenhum de nós ousou fazer comentário algum, como se uma palavra pudesse destruir as sensações de prazer que fluíam em cada um. Tudo o que de bonito tínhamos visto ao longo da trilha parecia menor diante da grandeza daquela cena. Olhamos como súditos, e as montanhas, sublimes, ignoraram o nosso êxtase.

Era um momento propício para reflexões. No início da viagem seguimos pela base das formações rochosas, junto a riachos, cruzando pontes e rodeados por florestas. À medida que subimos, a vegetação aos poucos diminuiu, os pinheiros e os rododendros cresciam mais distanciados uns dos outros e o terreno perdeu a cobertura vegetal. A quase 4 mil metros de altura, onde estávamos, o verde já rareava, as rochas ficavam mais expostas e a neve se tornara uma presença constante. Quanto às montanhas, a relação conosco também havia mudado. No começo encaradas como simples obstáculos, tinham se transformado em integrantes de um cenário de filme, personagens de uma história em andamento da qual nós e elas éramos os personagens centrais.

Sentados no chão, queríamos que aquele instante não terminasse. Entre todos os picos à nossa frente, o Ama Dablan provocava um fascínio especial porque é um dos mais bonitos do mundo. Suas linhas lembram um homem, com a conformação da cabeça, e o pescoço largo que continua até os ombros e desce até o meio do peito. Ao contrário de outras montanhas, o Ama Dablan não está ligado diretamente a elas, sua massa rochosa não se junta às outras, o que a torna diferente, solitária, fato incomum no Himalaia. Outra particularidade é que as paredes descem íngremes, verticais, e não lentamente em direção ao chão. Da face mais bonita sai uma enorme língua de gelo, maciça, solidificada em milhares de anos, característica que deu origem ao nome da montanha, que significa "caixa do amuleto da mãe", uma referência ao bloco de gelo que lembra os colares chamados *dablams*, usados pelas mulheres sherpas.

Se pudéssemos, ficaríamos ali por muito mais tempo, aproveitando o sol acolhedor e o lindo cenário, mas era hora de partir.

"Ai, não consigo andar!", gritou Hélio, quando tentou ficar de pé. A parada de mais de meia hora sob o vento frio reduziu a circulação no pé, e a crise de ácido úrico se acentuou. Entre caretas ele falou que a dor era insuportável. A primeira providência foi passar a mochila para o guia, reduzindo o peso que ele levava nas costas, e assim tentar prosseguir. Pensou-se também na possibilidade de ele ser carregado pelos sherpas até o próximo *lodge*, mas Hélio pesava 92 quilos, o que dificultava a adoção dessa alternativa. Com esforço e muita dor, ele arriscou os primeiros passos e conseguiu andar. Seguiu no fim da fila e, lentamente, cumpriu sozinho o trecho restante da primeira parte do dia.

A chegada a Khunde foi mais difícil do que o previsto porque havia muita neve no caminho. A cidade, com algumas dezenas de casas, estava toda branca, coberta de neve. Logo que alcançamos a parte mais alta, onde ficava o nosso alojamento, o tempo mudou, o sol sumiu e baixou uma forte neblina. E, com ela, um frio doído... Aquecer o corpo com chá quente num lugar protegido foi uma delícia. O *lodge* era novo e parecia bem cuidado. A parede do refeitório era enfeitada por fotos do dono, sorrindo no cume do Everest e sendo cumprimentado pelo rei. Ang Tshering Sherpa era um ex-guia de alta montanha que alcançou o topo do mundo em 1993. Três anos depois ele abandonou o alpinismo e se tornou um comerciante, fazendo da hospedagem de turistas no *lodge* que construiu seu ganha-pão.

A caminhada de aclimatação que seria cumprida após o almoço foi cancelada. O tempo mudou e a neblina tomou conta da região. Olhando pela janela, era impossível identificar qualquer objeto a dez metros de distância. O grupo também estava cansado; apenas Regina mantinha a disposição para a subida, mas acabou se rendendo à vontade da maioria.

O fim da tarde foi consumido num jogo de baralho que reuniu Marcelo, Manoel, Natália e Hélio, enquanto os outros conversavam. Nosso desgaste era evidente. Angela estava com olheiras, com dor de garganta e nariz escorrendo, enquanto Hideko, com dor de cabeça e náusea, não jantou e foi dormir cedo. Renato cochilou ali mesmo, no refeitório, e teve o que os especialistas chamam de "respiração periódica de Cheyne-Stokes". Ele respirava rapidamente por alguns instantes, depois ficava imóvel, e na seqüência o processo se repetia.[7] Os conhecimentos médicos do Manoel nos tranqüilizaram, e o estado "diferente" em que se encontrava o nosso amigo se tornou motivo de brincadeiras.

Eu avaliava que Renato estava prestes a desistir. Mais do que uma sensação, era uma conclusão lógica retirada dos acontecimentos. Desde o começo da viagem ele só bebia água mineral e refrigerante em lata. Alimentava-se mal, sobretudo de bolachas, achava o caminho sem graça e sofria com as privações. O prazer, aos poucos, desaparecia.

A comida, sempre a mesma, repetida dia após dia, não era mais estimulante. Para mim, isso não era problema, já que eu pretendia aproveitar a experiência da forma mais completa possível. Só me alimentando bem e bebendo a água recolhida nos rios, por exemplo, eu viveria a experiência do Nepal na sua plenitude. Se optasse pelos enlatados ou embutidos, estaria, na prática, me transferindo para o outro lado do mundo, retornando aos costumes ocidentais, e esse não era o meu propósito. Também tinha decidido que a sujeira não me incomodaria – nem a dos lugares por onde passávamos nem a minha. Resolvi de uma vez por todas não trocar a calça até o fim da viagem – estava suja desde o primeiro dia e colocar outra seria bobagem. Cueca limpa, assim como a camiseta, só em dia de banho.

A partir daquele dia repetiríamos duas noites na mesma altura para facilitar a aclimatação. Essa perspectiva provocava em mim certa ansiedade porque eu pretendia chegar logo ao meu objetivo final: o Island Peak! Mas o tempo me mostraria a importância desse procedimento.

---

7. A respiração de Cheyne-Stokes é uma alteração normal do organismo na altitude. A velocidade da respiração aumenta gradualmente; num determinado momento, o processo se altera por completo e a velocidade da respiração começa a diminuir, até que o indivíduo tem uma pausa, o corpo fica estático, pára de respirar, como se estivesse sofrendo uma parada cardiorrespiratória. Depois, o processo recomeça. As pausas podem durar até trinta segundos e em geral ocorrem à noite, o que resulta em cansaço no dia seguinte, porque o sono foi superficial.

Quando me preparava para deitar, olhei pela janela. A lua iluminava a cidade e pude avistar a neve acumulada do lado de fora do *lodge*. No quarto, a temperatura era de zero grau. Fora, o termômetro indicava -3,5 ºC.

Nos primeiros dias da viagem, ao me verem com o bloco de anotações na mão, todos perguntaram se "eu ia publicar algo". "Talvez", respondi. Aparentemente, a possibilidade de eu "contar tudo" não parecia preocupar o grupo. Ninguém se incomodou com os meus escritos. Também não fui questionado sobre a eventual revelação de declarações ou situações constrangedoras. Ao mesmo tempo, quando eu pedia que repetissem algum detalhe, os amigos o faziam de bom grado. Mas eu me perguntava se tinha o direito de torná-las públicas. O que eu ouvia na condição de companheiro de viagem poderia ser divulgado? Onde terminava a relação pessoal e começava o meu direito de relatar a viagem? Era ético ser o repórter "de todos" sem que isso tivesse sido pactuado entre nós?

Outra dúvida me assolava: se tudo corresse bem, sem acidentes nem problemas sérios de saúde ou de relacionamentos entre as pessoas, naturalmente o material publicado seria recebido com satisfação. Caso contrário, tornar públicos eventuais incidentes decerto incomodaria os envolvidos.

Essas preocupações me acompanharam por vários dias. Decidi agir com bom senso. Revelar o que acontecia com o grupo era um direito que eu tinha na medida em que era um dos integrantes. Resolvi também que qualquer restrição apresentada por algum dos personagens da história, desde que razoável, seria respeitada por mim e que não iria expor detalhes pessoais que não tivessem relevância para a história. Seguiria em frente, retratando tudo.

Nevasca

Um sono profundo e uma noite bem-dormida são capazes de fazer milagres. Todos acordamos bem, nem parecíamos os debilitados da noite anterior; não havia mal-estar nem reclamações, sobravam sorrisos e disposição. Até o Hélio, que estivera imprestável por conta do problema do pé, tinha superado a crise com a ajuda de antiinflamatórios. Era do que precisávamos: muita força para o dia que, mais uma vez, prometia ser estafante. Desceríamos quase seiscentos metros verticais (de Khunde, a 3840 metros, para Phunki Tenga, a 3250 metros) para depois subir tudo de novo até Deboche – a 3710 metros!

O relevo do Nepal e as características das trilhas tornavam o caminho muito mais longo do que o previsto inicialmente porque as descidas e as subidas eram constantes. Se calculássemos as distâncias desse vaivém, para cima e para baixo, com certeza o trecho percorrido ultrapassaria em muito o cálculo inicial de duzentos quilômetros.

O início do quinto dia foi estimulante – quase sempre eles começavam assim. O sol mascarava um pouco o frio e, mesmo que o efeito fosse mais psicológico do que físico, a impressão que tínhamos era de que ele estava a nosso favor. As montanhas, escondidas no dia anterior atrás do forte nevoeiro, agora se mostravam por inteiro e os paredões imensos nos tornavam insignificantes. Essa impressão era permanente: o tamanho dos blocos de pedra e gelo nos colocava numa condição de inferioridade absoluta, e a natureza nos obrigava a experimentar uma lição de humildade.

Pela primeira vez durante a caminhada cruzamos com os iaques, uma caravana grande, com uns vinte animais. Os bichos pareciam bois chiques: alguns com pelagem amarelada, outros na cor preta, uns poucos com a cara branca, mas todos cobertos por pêlos compridos que quase tocavam o chão. A capa natural de lã que cobre o corpo dos iaques e uma camada de gordura que eles têm sob a pele evitam a perda do calor e permitem que suportem temperaturas de até 40 °C abaixo de zero. Nas longas jornadas na neve, cada um deles leva setenta quilos, incluindo o saco de feno com que são alimentados. Acostumados a dividir as trilhas com o homem, eles seguem lentamente, anunciados por sinos pendurados no pescoço. Passavam ao nosso lado devagar, parando uma vez ou outra para escolher o caminho ou receber o comando do dono, que vem no fim da fila e se comunica com o grupo por meio de gritos e assobios. Os iaques se equilibram com perfeição nos caminhos estreitos e, a despeito de pisarem sobre pedras lisas, encontram a direção correta, raramente a dos precipícios. Para os tibetanos, eles são fundamentais: os machos, castrados, além de suportarem e transportarem cargas volumosas em longas jornadas, fornecem a carne, a lã e o couro; as fêmeas, que servem para a procriação, fornecem o leite. Para nós, pareciam animais simpáticos e dóceis.

Em três horas e meia descemos 590 metros até Phunki Tenga, cruzamos uma ponte bonita sobre as águas barulhentas do Imja Khola e paramos para o almoço: mais um prato de macarrão com batatas cozidas. O descanso após a alimentação foi, como sempre, de apenas quinze minutos, o que dava motivos para o Hélio fazer uma reclamação. Com bom humor, toda vez que o guia chamava o grupo para se colocar em marcha, ele dizia: "Estou em férias e tenho o direito de um sono depois do almoço". Nunca obteve sucesso, e a digestão normalmente se realizava durante a caminhada. A conversa parou assim que iniciamos a subida de 610 metros verticais. Naquelas circunstâncias, o que eu mais via eram o chão e o tornozelo de quem seguia à frente, única maneira de vencer o caminho sem tropeçar.

E então veio o susto. Alguém gritou "Iaque ataque!". Automaticamente buscamos um lugar seguro na parte interna da trilha, deixando o lado do precipício para os animais. Mas havia pouco espaço e era preciso de pronto alcançar alguma elevação. Fui em direção a uma árvore, pensando estar protegido, quando ouvi Som, nosso *sardar*, gritar "Iaque!" outra vez, como se estivesse anunciando um perigo iminente. Olhei para cima e dei de cara com um animal, descendo ao meu encontro, carregado com enormes fardos e ocupando todo o espaço da trilha. O bicho não parecia disposto a mudar de direção, e a velocidade de aproximação, bem como o par de chifres voltados para nós, recomendava uma ação imediata. Natália e eu ficamos sem saber o que fazer. O caminho que eu julgara ser o melhor para não cruzar com os animais era justamente o que eles haviam escolhido para descer. Saltei de lado enquanto Som, com as duas mãos, ergueu Natália até uma pequena elevação, mais segura. Meu coração disparou e as pernas amoleceram, enquanto assistia à passagem do primeiro iaque a menos de vinte centímetros da minha barriga. Ficamos assim, paralisados, acompanhando os movimentos de quinze animais, e só então relaxamos.

Reiniciamos a subida, e Hideko deu os primeiros sinais de que não estava bem; sem conseguir acompanhar o ritmo do grupo, aos poucos foi ficando para trás. Aparentemente ela não respondia à estratégia de aclimatação no mesmo ritmo dos outros e começou a ter dificuldades para respirar. Enquanto a maioria de nós seguia em passo lento, mas num ritmo constante, Hideko subia poucos metros e parava para recuperar o fôlego. Percebendo a dificuldade dela, Manoel decidiu que os mais rápidos, Hélio, Renato, Marcelo e eu, seguiríamos na frente com Tec; depois viriam os outros, um pouco mais lentamente, ao lado de Nima, Som e Santos, e, por fim, Hideko e ele.

Tengboche fica no platô de uma montanha, a 3860 metros de altitude. A aldeia se resume a poucas casas, uma área para as barracas dos alpinistas e o monastério mais importante do Khumbu, construído em 1920 e destruído parcialmente por um terremoto catorze anos mais tarde. Após passar por um processo de reconstrução, tornou-se um reconhecido centro de estudo do budismo tibetano. Em 1989 um incêndio queimou quase todo o prédio, destruindo o que estava no seu interior, e outra vez os monges reergueram tudo. Nos meses de outubro e novembro, o monastério é tomado por moradores que vêm de todas as cidades da região para acompanhar o *Mani Rindu*, tradicional festival de danças e cantos religiosos. Durante os festejos, os monges, reclusos e recatados, vestem máscaras e trajes ricamente trabalhados e comemoram com a população.

Quando paramos diante da entrada principal para admirar a arquitetura, começou a nevar forte. Não havia como enxergar o Ama Dablan à direita e a crista do Everest à esquerda. Uma densa neblina cobriu o local em questão de minutos, e mais uma vez a natureza demonstrou a sua força. Nuvens iam e retornavam com rapidez impressionante e o tempo podia fechar a qualquer instante. Alheios ao vento e ao frio, alguns sherpas conversavam em frente a um refeitório, enquanto oito meninos, futuros monges, riam alegremente, sentados na soleira de uma das entradas. Os garotos ingressam na vida religiosa aos sete anos e permanecem nos monastérios até os vinte. Durante esse período, estudam filosofia, artesanato, línguas, meditam, rezam e cumprem os trabalhos caseiros.

Para a família, ter um filho monge é motivo de orgulho, além de garantia de ser tratada com deferência pela população em geral; para as crianças, ainda que a princípio exista o trauma da separação familiar, as vantagens dessa opção de vida são maiores: elas deixam a difícil vida no campo para se tornarem pessoas consideradas especiais e, por isso, respeitadas. Encerrado o período de estudos, o jovem faz a opção – ou volta para casa e assume a vida mundana ou faz os votos religiosos e, definitivamente, adota a vida monástica.

Pouco a pouco deixamos o descampado e buscamos abrigo num pequeno refeitório no fundo do terreno. Enquanto tomávamos chá, protegidos pelo cômodo rústico, do lado de fora a neve se tornava mais intensa e o estado de Hideko piorava. Cem metros abaixo, ela não conseguia mais andar. Manoel, que havia ficado em sua companhia na encosta da montanha, decidiu carregá-la. Antes, porém, chamou o *sardar* pelo rádio. Som, que tinha excelente condição física e muita experiência nas montanhas, ajudaria muito naquela situação. "Ela andava um pouco, parava e não conseguia se recuperar, continuava ofegante, a respiração não se normalizava. Estava tão exausta que poderia desencadear um quadro severo, um edema pulmonar ou cerebral", Manoel nos contou. Enquanto Som descia a trilha para ajudá-los, Manoel continuava a subida com Hideko nas costas. A professora de química já tinha vivido a mesma experiência desagradável na trilha inca, no Peru. Talvez o componente psicológico estivesse atuando naquele dia no Nepal, deixando-a mais nervosa e dificultando sua recuperação no meio do caminho. De todo modo, a experiência de montanha e o conhecimento médico do guia levaram-no a optar por carregá-la antes que ela piorasse.

O ar rarefeito provoca alterações profundas no organismo e pode acarretar um edema cerebral ou pulmonar. O *hace* (*high altitude cerebral edema*) ocorre devido à falta de oxigênio, que provoca vazamento de plasma pela parede dos capilares cerebrais, aumentando a pressão no interior do crânio. O cérebro incha, surgem a náusea e a dor de cabeça. Como a estrutura cerebral está contida numa caixa óssea não expansível, o inchaço provoca a compressão de estruturas nobres lá dentro. Em doze horas o paciente pode evoluir para o desequilíbrio, a confusão mental, o rebaixamento da consciência, o coma e a morte.

O *hape* (*high altitude pulmonary edema*), ou edema pulmonar, é típico de quem sobe alto e muito depressa, sem que o organismo esteja preparado. A redução do oxigênio ocasiona a contração dos vasos sangüíneos e o aumento na pressão dos vasos pulmonares. Em seguida, as artérias vazam. Os primeiros sintomas são a tosse seca e o cansaço, seguidos da secreção. O aumento da permeabilidade dos vasos pulmonares permite a passagem não só do plasma, mas também dos glóbulos vermelhos. Ao tossir, a pessoa acometida do *hace* expele gotículas cor-de-rosa e espuma. Se a insuficiência respiratória evolui, existe a possibilidade de morrer afogado nos próprios líquidos. Em ambos os casos, é preciso descer o paciente a altitudes menores. Quando isso não é imediatamente possível, o doente pode ser colocado numa câmara hiperbárica (*gamow bag*), uma câmara inflável de plástico na qual a pressão atmosférica é aumentada para simular uma altitude menor.

Aproveitei para telefonar para casa – era a segunda ligação desde que começamos a caminhar nas montanhas. Ao longo da trilha encontraríamos poucos lugares com telefone funcionando. As torres de transmissão destruídas pelos guerrilheiros três anos antes não foram recuperadas e só em alguns povoados o sistema de comunicação era bom. Numa casinha de porta pequena e baixa, que nos obrigava a curvar o corpo para entrar, havia uma mesa e um aparelho de telefone por satélite. Do lado de fora, uma antena parabólica garantia a comunicação para qualquer parte do mundo; no nosso caso, desde que pagássemos três dólares por minuto. Um aparelhinho, ligado ao telefone, indica o tempo da conversa. Para evitar surpresas, Hélio, ao meu lado, atento ao relógio, ficou incumbido de controlar a ligação. Essa rotina se repetia sempre que um de nós telefonava para casa: enquanto um falava, o outro, com gestos, sinalizava o tempo gasto. A cobrança era feita por minuto cheio – se ultrapassássemos os sessenta segundos, chegando aos 65, por exemplo, cobravam-se dois minutos. Invariavelmente a ligação pelo tempo mínimo permitia apenas saber como estava a família e informar que a viagem seguia conforme o previsto. Eu evitava os detalhes, dizia somente que estava bem de saúde, que me alimentava sem dificuldades e que os lugares eram muito bonitos. Era uma conversa telegráfica, de palavras curtas e frases objetivas, e que sempre deixava o gosto de ter sido rápida demais. Eu não tinha interesse em detalhar o nosso dia-a-dia; não queria criar preocupações para os familiares que estavam tão longe e que não teriam como avaliar com tranqüilidade tudo o que ocorria.

Hideko foi carregada cem metros verticais montanha acima, e, logo que entraram no refeitório, Manoel e Som deitaram-na em um banco. Manoel providenciou uma coberta e pediu um pouco de chá quente. O rosto dele demonstrava que o problema poderia ser mais sério do que nós pensávamos. Ela estava assustada, respirava mal, parecia em choque. A freqüência respiratória não baixava; deitada, sentia falta de ar e tossia. "Decidi subir até o monastério para que ela, ao se sentir acolhida, tivesse a possibilidade de se recuperar. Se isso não ocorresse em pouco tempo, poderíamos descê-la quinhentos ou seiscentos metros em uma hora e aí o problema se resolveria", explicou Manoel. Era uma alternativa razoável – Hideko pesa menos de cinqüenta quilos e levá-la para baixo seria fácil. No fundo, o que se tentava era dar à companheira a chance de prosseguir a viagem. Se tivesse que descer a montanha, ela teria que desistir do trekking.

Ainda havia outros problemas: o roteiro do dia não terminava no monastério. Já tínhamos andado quase seis horas, mas ainda desceríamos 150 metros até Deboche para o pernoite. Além disso, não demoraria a escurecer e a nevasca não cessava.

Depois de uma hora em repouso, Hideko deu sinais de melhora. A freqüência cardíaca se estabilizou em níveis normais e o aparente estado de choque passou, mas a prudência recomendava que não se esforçasse mais. Ela foi colocada nas costas de Nima, que, com Tec, se revezou para carregá-la no trecho restante. A neve acumulada na trilha deixou o terreno escorregadio, os pés afundavam na neve e havia o risco de quedas. "O Tec não tinha muito jeito e me carregava como se eu fosse um feixe de lenha", contou Hideko, "e eu tinha muito medo de cair." Nas costas de Nima ela se sentiu mais segura e nenhum incidente ocorreu.

Enquanto o grupo partia para Deboche, a etapa final do dia, 150 metros abaixo, com Hideko carregada pelos sherpas, Hélio, Renato e eu ainda telefonávamos. Seguimos alguns minutos depois e nos divertimos muito numa jornada inesquecível. A neve caía com força e tudo à nossa volta ia sendo coberto de branco – o terreno, as árvores, o caminho e as poucas casas. Era descida, e a trilha ficava perigosa em decorrência da mistura de gelo, neve e um pouco de lama, mas o espetáculo se tornava de extrema beleza, um show da natureza. Eu jamais enfrentara condições tão inóspitas, e isso provocava em mim certo temor. Aos poucos me acostumei com a situação e me deliciei com aqueles momentos especiais.

A neve que caía sem parar era ao mesmo tempo linda e agressiva. Como podia ser pequena, delicada e tão violenta? Os flocos desciam firmes e inclementes do céu, desenhando no chão um novo caminho, camada após camada. A neve vinha de todos os lados e o ambiente foi mudando, até que tudo ficou coberto por variados tons de branco, do claro, translúcido, ao cinza-escuro que cobria as árvores.

Na chegada ao abrigo, quarenta minutos depois, eu tinha neve acumulada sobre as mãos, os ombros, a cabeça, e sobre a mochila. Estava feliz. De madrugada, a temperatura caiu para -11 ºC.

Nem todos se adaptam facilmente à altitude. A regra de subir de dia a altitudes maiores e repousar em lugares mais baixos é essencial para que o organismo, aos poucos, vá se ajustando à menor oferta de oxigênio. Mas o ritmo com que cada um alcança essa condição varia.

Naquela segunda-feira, nenhum de nós tinha noção do que estava acontecendo com Hideko. Foram tantas as emoções e as dificuldades ao longo da trilha que nossas idéias giravam num turbilhão. A descida de seiscentos metros e a subida de igual distância, sob o castigo do frio e do vento, e, por fim, a chegada ao monastério no alto da montanha provocavam em todos um sentimento vencedor que se sobrepunha a tudo o que ocorria à nossa volta. Sentado no refeitório, eu respirava com mais conforto enquanto recuperava o oxigênio que teimosamente parecia ter fugido na subida. As imagens do dia desfilaram à minha frente, numa seqüência de flashes. Os primeiros a chegar tomavam goles de chá; ninguém falava nem tinha idéia de quanto a nossa companheira sofria. E, mesmo depois de ela receber os primeiros socorros, não percebi que o caso era sério, pois minha cabeça estava voando nas aventuras do dia. Somente mais tarde, quando todos saíram para visitar o monastério e no cômodo só restamos Manoel, Nima, Hideko e eu, é que notei as dificuldades que ela enfrentava para respirar e o semblante preocupado do guia. Foram quase trinta minutos de muita expectativa até que, aos poucos, a tosse diminuiu, a respiração começou a se normalizar e ela se acalmou.

Sabedoria

Poucos aventureiros atravessam as trilhas do Everest em março. O mês preferido pela maioria dos turistas é outubro, seguido de novembro e abril. Março aparece em quarto lugar porque é um mês ainda muito frio, e os caminhos ainda estão cobertos pela neve, o que dificulta a passagem. Além disso, a vegetação é pobre e praticamente não se vêem flores. Quanto a isso, em outubro e em novembro os estrangeiros encontram enorme variedade de formas, cores e tamanhos de flores exuberantes.

No começo de 2003 a trilha parecia ser de nosso uso exclusivo, tais eram a quietude e a ausência de movimento; na verdade, foram poucas as vezes em que cruzamos com outros aventureiros. Quando isso ocorria, nosso grupo parava para saber informações do caminho e, principalmente, do tempo. Conversamos com belgas, alemães, checos, suíços e argentinos. Nos abrigos, o número de turistas também era reduzido, fato que evidenciava que o Parque Nacional Sagarmatha estava passando pelo pior período turístico dos últimos anos. Criado em 1976, o órgão tem sob sua responsabilidade toda a região do Khumbu, uma área de cerca de 1200 quilômetros quadrados, que abriga quatro dos catorze maiores picos do mundo, com mais de 8 mil metros de altura: o Everest, o Lhotse, o Makalu (8463 metros) e o Cho Oyu (8201 metros).[8]

Em 1964, ano em que foi construído o aeroporto de Lukla, apenas 62 visitantes estiveram na área do parque. Doze anos depois, o total de estrangeiros alcançou 3600, subiu para 20 014 em 1998 e chegou ao recorde de 25 291 em 2000. A partir desse ano os danos provocados pela agressiva atuação da guerrilha maoísta afetaram o turismo. O total de estrangeiros a entrar no parque em 2001 foi de 21 570 em 2001, sofrendo outra queda no ano seguinte: 13 786 aventureiros cruzaram os portões do Sagarmatha, ou seja, uma redução de 45% em relação aos números de dois anos antes. De janeiro a setembro de 2003, 8933 turistas visitaram a região.

---

8. Outras quatro montanhas com mais de 8 mil metros também estão em território nepalês, mas fora do Parque Nacional Sagarmatha. São elas: Kangchenjunga (8586 metros), Manaslu (8163 metros), Dhalaugiri (8167 metros) e Annapurna (8091 metros). Completam a lista das "catorze maiores" do mundo o K2 (8611 metros), Nanga Parbat (8125 metros), Gasherbrum I (8068 metros), Broad Peak (8047 metros) e Gasherbrum II (8035 metros), todos no Paquistão; e Sish Pangma (8046 metros), no Tibete.

Apenas três vezes encontramos grupos grandes de trekkers: um era formado por cerca de quinze indianos que pretendiam escalar o Everest, e outras duas caravanas compostas de vinte japoneses cada uma, a maioria com idade entre quarenta e cinqüenta. Foi uma surpresa vê-los lentamente cruzando as montanhas.

Pessoas acima do peso também ousam desafiar as dificuldades das montanhas. Na subida para Namche Bazar, seis alemãs chamaram a atenção: uma era a guia, as demais, clientes, e entre elas uma mulher de pouco mais de trinta anos que pesava mais de cem quilos! Na longa subida ela parava a cada cinco minutos para descansar, depois retomava a direção e seguia rumo à superação do caminho e de suas próprias limitações.

Nem todos os que se aventuram por esta parte do mundo se dão bem. Na noite anterior, quando chegamos a Deboche, soubemos que um inglês estava com sérios problemas de saúde. Manoel foi ao quarto dele e o encontrou "sem cor, estirado na cama e rodeado por manchas de vômito". Era um preço alto a pagar por subir muito rapidamente sem dar ao organismo tempo para se aclimatar. Resultado: náusea, diarréia, desidratação. O mal-estar começara havia dias e seu grupo já tinha partido, deixando-o só. Nosso guia-médico abriu sua sacola de primeiros socorros e tirou soro para reidratação oral e antibiótico. Passadas algumas horas, o britânico apareceu no refeitório andando vagarosamente. Ainda não falava e continuava sem cor, mas a presença dele indicava uma pequena melhora no seu estado geral.

No dia seguinte, o rapaz já mostrava alguma evolução e tomou chá de manhã. Hideko também tinha superado sua crise; acordara bem, estava sorridente, disposta e comendo! Esse é um sinal típico: na montanha, quando a altitude começa a fazer seus estragos, a pessoa que está se sentindo mal pára de comer, o que cria um círculo vicioso que só agrava a situação. Mas se a "nossa" japonesa nos alegrava com o seu bom humor, outros começavam o dia de maneira inversa – Renato estava cansado, Natália com diarréia e Suely apresentava problemas respiratórios. A arquiteta sofria de rinite crônica. Na montanha a irritação nasal se acentuou e a dificuldade para respirar aumentou. Não havia outra saída senão o antibiótico para prevenir-se do mal maior.

Eu me alimentava normalmente, comia muito ovo e macarrão e bebia meus quatro litros de água diários. Não sentia dor de cabeça nem cansaço. Minha fome voraz e a disposição para as refeições já tinham me rendido o apelido nada lisonjeiro de "draga". A não ser pela ingestão, dia sim, dia não, do pozinho de fibras vegetais para organizar o funcionamento do intestino, eu não era um freguês habitual da farmácia do Manoel. A sacolinha salvadora – que pesava cerca de quinze quilos e continha trinta frascos com comprimidos para combater das mais simples indisposições até problemas sérios – era transportada pelo sherpa Tec, que nos acompanhava o tempo todo, mantendo os medicamentos sempre disponíveis para uso imediato. Havia drogas para febre, tosse e vômito, antibióticos, pomadas e medicação para o mal-de-altitude. Igualmente armazenadas estavam seringas e luvas, assim como material de sutura e de imobilização, para casos de fratura .

Partimos em direção ao monastério de Pangboche, a uma hora e quarenta minutos de distância e 220 metros acima. O templo mais antigo do Khumbu e o mais próximo das grandes montanhas, a tradição recomenda a todos os alpinistas e trekkers que ali compareçam para receber as bênçãos do lama. É que os sherpas consideram todas as montanhas reencarnações de divindades, lugares que devem ser venerados, e não invadidos. Durante séculos não tentaram escalá-las, nem o Everest nem qualquer outro pico. Com o tempo, os estrangeiros começaram a aparecer e, com eles, as vantagens financeiras. Os sherpas não resistiram aos ganhos significativamente maiores obtidos com o turismo e o alpinismo; "flexibilizaram" então algumas de suas crenças e "entraram no negócio". Eles guiam os turistas e os levam até os cumes mais altos, mantendo, porém, os fundamentos de sua religiosidade. O principal deles consiste em nunca entrar na região das altas montanhas sem antes realizar um *pujá*, uma cerimônia especial para pedir boa sorte. No nosso caso, também receberíamos a bênção de um lama para ajudar na viagem.

A *gompa*, local das cerimônias em Pangboche, estava fechada, e o lama Geshe nos recebeu em sua casa. Depois que ele se acomodou num dos cantos da sala, fomos chamados, um a um. O monge recitou orações e as repetiu várias vezes, cadenciadamente, como uma ladainha. Em cada um de nós pendurou, nos ombros, a *kata*, uma echarpe de seda branca, que significa a bênção, e em volta do pescoço pôs uma fitinha vermelha, um sinal de proteção para percorrer as montanhas. Enquanto repetia as palavras sagradas, ele dava dois nós e soprava a fita, como se lançasse a oração aos céus para que ela encontrasse os deuses. Foi tudo muito simples e rápido. Eu não entendi nada do que o lama dizia, mas isso não importava. O que valia era o significado da cerimônia e o que poderia trazer de bom para nós. Fiquei emocionado e, nos poucos momentos em que o monge se dirigiu exclusivamente a mim, acreditei sem titubear que estava recebendo uma força especial que muito me ajudaria no caminho.

O gelo era nosso companheiro naquela manhã. As botas iam amassando as camadas brancas mais fofas e provocavam um som semelhante àquele produzido pelo esfregar de couro contra couro. Passamos horas agradáveis, com subidas e descidas no meio de uma floresta. Aos poucos, as árvores foram sumindo e a trilha se aproximou do desfiladeiro. Seguíamos na direção nordeste, tendo à nossa direita uma imagem inesquecível: a face sul do Ama Dablan. Tornara-se impossível não olhar para a montanha a cada dois passos – era como se consultássemos um guia especial criado pela natureza. Entre nós e ela havia um enorme precipício e um rio no fundo do vale por onde corria um fio de águas azuis originárias do degelo. Andamos bastante, com a montanha como referência, e, à medida que vencíamos o caminho, o Ama Dablan parecia mudar a face que exibia para nós: no meio do dia estávamos ao lado de seu ombro esquerdo, e seus três picos, em paralelo, davam a impressão de ser apenas um. Ultrapassamos essa linha e contornamos seu corpo principal, deixando aos poucos a montanha para trás. Tê-la como parceira de viagem foi um privilégio – poucos têm a oportunidade de viver essa experiência, que nos hipnotizava e motivava conversas sem fim.

Entramos em Dingboche, a 4410 metros, no meio da tarde, depois de subir 620 metros e de caminhar mais de cinco horas. Antes de alcançar o abrigo, vimos o Island Peak pela primeira vez. Sua face mais conhecida é triangular, com linhas bem definidas. Mais atrás, o corpo da montanha ganhava volume e mudava de forma. A face lateral era arredondada, com pouco gelo e muita rocha. Era estranho vê-la daquele ponto, ficar à espreita imaginando o que iria acontecer, sonhando com a escalada. Por instantes lamentei que ainda tivéssemos de ir na direção oeste, até o Kala Patthar, mas era uma escala importante no nosso processo de aclimatação. Se continuássemos a subir sem conceder tempo para o organismo se adaptar, certamente teríamos problemas. O grupo entrou logo no *lodge*, interessado apenas em descansar. Estávamos exaustos e a temperatura externa era de -5 ºC.

A escalada ao Island Peak se transformara em idéia fixa. O fato de eu ter chegado até aquele lugar sem nenhum problema criava em mim a impressão de que subir a montanha eram favas contadas. Desde o início eu caminhava num ritmo rápido, vencia as subidas íngremes logo atrás do guia e acreditava ter "todas" as condições de alcançar o cume. Não contava com a possibilidade de me decepcionar, não encontrava motivos para que isso ocorresse. E, certo de que se tratava de uma verdade absoluta, encarei a montanha na chegada a Dingboche, desafiando-a em pensamento com um "eu vou te dobrar", e fiquei olhando como se fosse possível obter uma resposta. Das rochas geladas veio um sopro de vento frio que me trouxe de volta à realidade e me encaminhou para o interior do *lodge*.

Desde que o Nepal foi descoberto pelos estrangeiros, o fluxo de turistas provocou mudanças radicais no modo de viver de parte da população. Uma das mais claras evidências desse processo era o número de hospedarias: em 1986 existiam apenas 73 alojamentos dentro do Parque Nacional Sagarmatha. Seis anos depois, o total de *lodges* chegava a 194, um crescimento impressionante de 165%. Em 2002 a administração federal já contabilizava 224 estabelecimentos comerciais desse tipo em funcionamento. E muitos outros estavam em construção. Ao longo da trilha várias obras indicavam que hotéis ainda em obras já seguiam padrões ocidentais de ocupação de espaço, com refeitórios, quartos e banheiros em áreas próximas para que os hóspedes não tivessem que se expor ao mau tempo. O dono da maior loja de roupas para caminhada e alpinismo de Namche Bazar contou-me que estava levantando um *lodge* com 21 apartamentos, catorze dos quais com banheiro privativo e chuveiro.

As construções mais sofisticadas eram de pedra e, nesse aspecto, a artesanal engenharia nepalesa mostrava-se altamente capaz. Rochas enormes eram cortadas em pedaços menores, os quais, um a um, eram talhados em blocos retangulares perfeitos, cortados pacientemente a mão. Para isso eles usavam ferramentas rudimentares, como pequenas marretas e ponteiros de ferro. O incrível é que as pedras, com o formato de grandes tijolos retangulares, se encaixavam umas às outras com perfeição. Os poucos espaços que sobravam eram fechados por lascas de rochas escolhidas com todo o cuidado.

Quando os comerciantes não têm dinheiro para levantar uma obra sofisticada, pranchas de madeira com apenas um centímetro de espessura são a saída mais rápida e mais barata. Assim era o abrigo em que ficamos em Dingboche, novo e simples, como quase todos por lá, com paredes de madeira que pouco protegiam contra o frio. O proprietário já tinha sido carregador e guia de alta montanha e, tão logo juntou o dinheiro necessário para erguer a hospedaria, tornou-se comerciante. Além disso, aprendeu a fazer pizza para satisfazer o paladar ocidental. Podíamos escolher entre três sabores: queijo, tomate e atum. Quanto ao tamanho, não havia alternativa: era sempre individual, com o diâmetro de um prato. O sabor, considerando o lugar em que estávamos, era bom.

O local das refeições se repetia em todos os *lodges*: piso de madeira, mesas compridas e estreitas e bancos com almofadas, que também serviam como camas em caso de necessidade. No centro, um aquecedor, em torno do qual todos se reuniam depois que o sol se retirava e o frio aumentava.

A destruição das florestas do Himalaia é uma das maiores preocupações das entidades internacionais que se dedicam à proteção da natureza. Com o crescimento do turismo, aumentou o corte de árvores, cuja madeira é usada para construir hotéis, aquecer refeitórios e esquentar água para o banho dos ocidentais. Da área total do Parque Nacional Sagarmatha, 63% são terrenos desérticos cobertos por rochas, 28% correspondem a pastos e apenas 3% são ocupados por florestas, que sofrem a ameaça constante de derrubadas. Nos últimos anos, as ONGs que atuam no Nepal têm promovido uma intensa campanha de esclarecimento dos moradores da região do Khumbu no que diz respeito à necessidade de preservar a cobertura vegetal e evitar o corte de árvores. Mas os números oficiais assustam: os pequenos hotéis dentro do parque consomem, juntos, 9 mil quilos de madeira por dia, ou seja, cada abrigo manda para o fogo quarenta quilos de lenha diariamente!

A única alternativa para produzir calor sem derrubar árvores é o estrume. Os excrementos dos iaques são colocados para secar ao sol, em pilhas, ou grudados nas paredes das casas. É engraçado encontrar residências com o lado externo completamente tomado por estrume grudado. Depois de seco, o material é usado como combustível nos aquecedores.

Às seis da tarde daquela terça-feira, o refeitório estava cheio. Éramos dez brasileiros e nove sherpas, além de outros seis estrangeiros divididos em dois grupos e seus carregadores. E todos queriam ficar o mais perto possível do calor. Algumas lascas de madeira serviram para iniciar a chama, e sobre ela foram distribuídos grandes pedaços de estrume de iaque. Ao queimar, o material libera um cheiro forte e fumaça densa. Quem estava com as meias molhadas de suor ou com botas que ainda carregavam pedaços de neve aproveitou para colocá-las para secar. Os carregadores, por sua vez, que não são de tomar banho, foram os primeiros a tirar os calçados e as meias e ficar com os pés descobertos perto do fogo. A mistura de cheiros no ambiente fechado resultava num odor azedo e num ar pesado, insuportável para alguns. Pior para a Suely, que, com dificuldades para respirar, não agüentou e se recolheu ao quarto mais cedo.

Todos sofríamos com a alimentação. Os pratos que se repetiam (macarrão, batata e legumes cozidos, sopa de batata, as mesmas pizzas), o sabor que não mudava, a gordura forte, a altitude – que acentuava as dificuldades –, tudo nos levava a rejeitar a comida. Alguns deixavam os pratos pela metade, ainda que essa atitude pudesse acarretar debilidade física. O macarrão com vegetais, bem recebido no início, já causava repugnância.

Nosso bom humor, porém, resistia. Os alemães e os ingleses, que conosco dividiam o espaço no refeitório, conversavam com seus guias sobre os próximos roteiros, consultavam mapas e apontavam caminhos. Educadamente falavam num tom tão baixo que era impossível escutar qualquer palavra, mesmo a poucos metros de distância. Até que a nossa roda de baralho de formou e o jogo do truco teve início. Os gritos de "seis, ladrão", "toma, sem-vergonha", de Marcelo, Manoel, Hélio e Natália, encheram o ambiente e acabaram com a tranqüilidade.

Renato novamente não jantou. Bebeu apenas uma lata de refrigerante e procurou saber o preço de uma passagem de volta de helicóptero. A viagem, para ele, parecia se aproximar do fim.

Eu levava orgulhoso minha fitinha no pescoço, e não me esquecia da oração do lama. O misticismo e a religiosidade do Nepal, presentes em todos os instantes da jornada, mexiam comigo. Não me importava o fato de cada um ter deixado uma pequena contribuição em dinheiro para o monastério. Valia, acima de tudo, a minha certeza de que, no momento em que o lama orou por nós, as palavras registradas nos livros sagrados estavam subindo aos céus para realmente nos proteger.

Eu me emocionei naquele instante, como vinha me emocionando havia vários dias. O gigantismo das montanhas, a beleza da neve, a simplicidade das pessoas, a alegria por poder viver tantos momentos especiais me deixavam com os olhos marejados. Estaria me fragilizando? Se isso com efeito estivesse acontecendo, colocaria em risco meus próximos passos? Essas dúvidas volta e meia surgiam em minha mente.

A saudade da família começava a se manifestar. A vontade de abraçar e beijar as pessoas queridas e de dizer a elas o quanto as amava mais forte se tornava quanto mais sofrido era o caminho. Era como se a cada obstáculo eu dissesse: "Faço isso para voltar logo e ficar com vocês novamente". Na verdade, pensando com frieza, o raciocínio servia apenas como consolo.

TREINANDO PARA O CUME

Situações heróicas não faziam parte do nosso dia-a-dia. Naquela manhã de quarta-feira, levantamos alegres, ansiosos pelo treinamento de escalada que se realizaria em breve, mas fomos informados da decisão do Renato de encerrar a viagem e iniciar o caminho de volta. Ele desistia não porque o frio era demais, ou porque as dificuldades do caminho pareciam intransponíveis. Os motivos eram prosaicos: não havia se adaptado à alimentação e à hospedagem, por ele consideradas muito ruins. Para Renato, os abrigos eram sujos e sem conforto: "Não dá para encostar-se em nada, tem que entrar no saco de dormir e ficar quieto", foi o seu comentário. Também não conseguiu se adaptar à comida: já não agüentava o macarrão com batata, servido por dias a fio. Além disso, ele recordou que teria uma reunião importante no Brasil logo após o retorno e temia que algum atraso na volta prejudicasse o compromisso. Era mais uma razão para antecipar o fim da viagem. Foi na latrina entretanto que ele tomou a decisão: ao olhar para o depósito de dejetos humanos, resolveu retornar para casa. Arrumou seus objetos pessoais e, ao descer para o café-da-manhã, já estava pronto para partir. "A situação toda não estava me agradando e a privada foi o empurrão, o que faltava para eu finalmente desistir", contou.

A notícia do retorno do companheiro tornou o café amargo e poucos conversaram. A desistência trazia para o centro das atenções o risco, ainda que imaginário, de outros não suportarem a pressão e seguirem o mesmo rumo. O grupo estava coeso, vivendo a experiência do companheirismo e da solidariedade, mas aquela atitude, de certa forma, esgarçava um pouco o tecido das nossas relações pessoais. Antes de partir, Renato abraçou longamente cada um de nós, e então tomou o caminho de volta com um carregador e com Nima. Pensei em fazer uma foto de despedida, mas o clima de separação não favoreceu minha intenção.

A programação para o período da manhã previa treinamento para os que fariam a escalada ao Island Peak – eu, Hélio e Marcelo –, enquanto as mulheres caminhariam até uma colina próxima para uma subida de quatrocentos metros, com vista ao cumprimento do plano de aclimatação a altitudes maiores. Desde a partida de Katmandu estava definido que elas não tentariam subir o Island Peak. Nenhuma havia se interessado pela aventura, fosse pela dificuldade física do desafio, fosse pelo custo adicional. Ficou acertado então que todos iríamos juntos até o Kalla Patthar, depois uma turma continuaria rumo à escalada enquanto a outra iniciaria o retorno. O povoado de Dingboche, onde estávamos desde o dia anterior, fica 4410 metros acima do nível do mar, ou seja, é setecentos metros mais alto que a aldeia em que havíamos passado a noite anterior. Ao permanecer no local por mais 24 horas, dávamos outro passo importante para o organismo se adaptar ao ar cada vez mais rarefeito.

Os sherpas nos esperavam numa montanha a cerca de quinhentos metros de distância, com uma parafernália de equipamentos. Pela primeira vez usaríamos material específico para escalada, o que gerou em nós grande expectativa. Era o momento em que o alpinismo deixaria de ser um esporte distante, conhecido apenas por fotos e filmes, e se transformaria em atitudes práticas, palpáveis, objetivas – e, por que não dizer, perigosas. O lugar escolhido para a nossa iniciação, uma parede inclinada, coberta por uma camada firme e consistente de gelo, fora vistoriado por Som logo ao amanhecer, e para lá foram levados os equipamentos necessários. De um saco grande foram retirados três pares de botas duplas (a primeira, térmica, para proteger contra o frio, é embutida em outra, plástica, rígida, para prender os *crampons*) e "cadeirinhas" (conjunto de fitas de náilon de alta resistência, que fica preso às pernas e à cintura do escalador, permitindo a ligação dele aos cabos de segurança). Havia também mosquetões, *jumar* (uma espécie de trava mecânica acionada pelo alpinista) e piqueta. Coube ao nosso novo guia comandar a escalada e nos fornecer as informações iniciais. Abhijit Rai, trinta anos, instrutor com experiência em montanhas, juntara-se ao nosso grupo no monastério de Tengboche. Ele seria o responsável por nos levar ao cume do Island Peak, onde já tinha estado quinze vezes.

Nós nos sentíamos como colegiais que escaparam da sala de aula e faziam um passeio pelo parque. Primeiro porque estávamos fugindo de uma rotina que, por vezes, nos incomodava: acordar-tomar café-caminhar-almoçar. Além disso, tudo era novo e nos colocava diante de uma situação que se transformaria em realidade em poucos dias – a nossa escalada. As primeiras ações foram muito simples: vestir as calças impermeáveis e as polainas para proteger pernas e pés contra a entrada de neve; depois, calçar as botas duplas e, por fim, prender os *crampons*. Descobrimos que as botas eram mais duras e pesadas do que pareciam e a fixação dos *crampons* exigia um pouco de paciência e jeito.

De início, aprendemos a escalar a encosta da montanha. É preciso inclinar o corpo para a frente e chutar a parede gelada com o pé. As pontas dos *crampons* frontais ficam presas no gelo; quando o pé direito está firme, é hora de elevar o corpo e repetir a operação com o esquerdo. É como subir degraus imaginários, numa tarefa que exige muita força nas pernas. Para que o alpinista não despenque montanha abaixo, cada vez que "sobe um degrau", o movimento é acompanhado pelo deslocamento do *jumar* para cima, que é o que mantém o escalador ligado à corda e o que garante que o corpo continue preso na montanha. Não foi difícil, e repetimos os movimentos muitas vezes, mas ficou claro que o condicionamento físico e a força individual teriam papel fundamental na escalada. Era igualmente importante determinar o ritmo de subida, a fim de encontrar um equilíbrio capaz de evitar o gasto desnecessário de energia, sobretudo no começo, quando a tendência é imprimir maior velocidade. Quem vai mais depressa se cansa logo e sofre no fim da escalada, quando o fôlego está acabando. Também exercitamos a descida em rapel, sistema que permite ao alpinista retornar à base muito mais rapidamente deslizando pela corda.

O treinamento estava acabando quando começou a nevar. Em poucos minutos a temperatura caiu, e com o fim das atividades físicas intensas logo sentimos o efeito do frio. Retornamos para o *lodge* sob uma neve fina que cobriu o que ainda restava de terra nua na trilha. E não parou mais de nevar a tarde toda.

Sempre gostei do frio. As baixas temperaturas nunca me incomodaram; ao contrário, me trazem a sensação de bem-estar. No Nepal porém era diferente: além de ser muito mais frio, havia o vento, a neve e a baixa umidade do ar. Juntos, eles criavam um quadro bastante agressivo. Logo cedo, quando eu deixava o abrigo, o sol reduzia o impacto do frio. Ao longo das horas de caminhada, o termômetro marcava em torno de zero grau, mas o pior ocorria ao anoitecer, quando a temperatura caía abaixo de zero. Eu não passava frio. É claro que despir toda a roupa para dormir era muito desagradável. Os vinte ou trinta segundos necessários até a retirada da última peça eram o bastante para o corpo tremer, e a sensação, péssima dentro do saco de dormir, se mantinha até que o calor do próprio corpo pudesse ser sentido. O mesmo ocorria de manhã, no sentido inverso – deixar o saco quentinho e vestir a roupa gelada. A única alternativa era manter parte das roupas junto do corpo enquanto dormia para que elas estivessem quentes pela manhã. Mas o espaço disponível era pequeno e, se eu tentasse guardar tudo o que vestiria no dia seguinte, ficaria imobilizado dentro do casulo quente. De dia, o segredo era usar as roupas certas para cada situação.

Naquele mundo gelado, me dei conta da pouca intimidade que o brasileiro tem com o frio, o que nos leva a trajar agasalhos inadequados para enfrentar as baixas temperaturas. Ao mesmo tempo, tive a certeza absoluta de que os produtos vendidos no mercado brasileiro para esse fim não cumprem o que prometem – as blusas não esquentam, as calças não protegem e as meias não mantêm os pés secos. Acabamos por sentir frio mesmo agasalhados.

O tempo ruim nos obrigou a ficar no abrigo o resto do dia, em mais uma tarde de conversas e truco. Rapidamente o ambiente ficou carregado pela fumaça oriunda da queima do estrume de iaque, misturada com o cheiro azedo das meias sujas dos carregadores em volta do aquecedor e do ar pesado que não era renovado no refeitório por causa das janelas cerradas. Quase não havia bancos disponíveis para todos. Também estavam no abrigo vários trekkers recém-chegados, o que deixava o local cheio e mais barulhento.

Hideko ainda não havia retornado, e às duas da tarde Manoel começou a pensar em montar uma equipe para resgatá-la. Ela tinha partido para Chhukhung, acompanhada apenas por um guia nepalês. O tempo fechado era preocupante porque tornava o caminho mais perigoso. Além disso, apenas dois dias antes ela enfrentara problemas respiratórios sérios e de exaustão, ou seja, tínhamos todos os motivos para nos preocuparmos com ela. Os dois sherpas escolhidos pelo guia para acompanhá-lo em busca da cliente estavam se preparando para a partida quando ela chegou. Entrou no refeitório calada, se arrastando, e demonstrava enorme cansaço. Estava coberta de neve, nas mãos, nos braços e na cabeça. Nós a ajudamos a se livrar dos bastões de caminhada e da mochila, e a colocamos num banco perto do aquecedor. É verdade que ele produzia pouco calor naquele momento, mas mesmo assim era o lugar mais aquecido do ambiente. Hideko só dizia "estou bem", sem que suas feições dessem algum sinal que nos certificasse disso. Todo fim de tarde, quando chegávamos aos lugares em que iríamos nos abrigar, nos jogávamos nos bancos para nos recuperarmos do esforço. A maioria reclamava do cansaço; ela, ao contrário, se calava, fechava os olhos e passava um longo período sem falar nada, apenas respirando fundo. Depois de alguns minutos, Hideko abriu os olhos e sorriu; só então todos se acalmaram. Ela havia caminhado mais de quatro horas, duas das quais sob a neve, havia superado as dificuldades da trilha em condições climáticas adversas. Esgotada, é verdade, mas feliz. Dera a volta por cima – aquele era o seu dia da virada.

Essas situações, sempre freqüentes, nos levavam a refletir sobre a nossa condição física e as variáveis que alteram o comportamento das pessoas. Num dia você não está bem, tem dificuldades para respirar, se cansa mais facilmente, se alimenta mal; 24 horas depois, o problema se manifesta em outra pessoa, enquanto você exibe uma recuperação surpreendente. Tais alterações no organismo e na disposição, tão comuns nesse tipo de viagem, aos poucos moldavam o relacionamento fraterno entre as pessoas. Todos tínhamos um objetivo a alcançar, mas ninguém sabia se ia conseguir. Cada um tentaria a seu modo, é certo, só que precisaria do outro e isso nos unia. Estávamos a todo momento diante de um desafio que demandava esforços físicos intensos para ser vencido, e a solidariedade se mostrou fundamental. As pessoas compartilhavam os desafios e as tarefas. "Precisa de ajuda?" ou "Quer que eu carregue algo?" eram perguntas que se ouviam a toda hora. Quando um de nós estava mais lento, sempre havia alguém que reduzia a marcha para não deixar o parceiro sozinho. Dia após dia íamos construindo o caráter da solidariedade entre nós.

Fazer a barba naquelas condições foi uma experiência inesquecível. Nevava sem parar e a temperatura dentro do abrigo era negativa. Pedi água quente e recebi mais ou menos um litro, numa bacia de alumínio de quase trinta centímetros de diâmetro. O líquido fumegante cobriu o fundo do recipiente e me obrigou a uma ginástica para juntá-lo e molhar o rosto. Espalhei a espuma e passei a lâmina. Foi como se arrancasse os pêlos duros, um a um. A velocidade do barbear foi semelhante à do banho. A diferença é que, para cuidar apenas do rosto, eu já estava vestido e calçando meias de lã grossas e limpas. Para entrar e sair do banheiro, ao contrário, tive que usar chinelo de dedo, e os meus pés afundaram na neve fofa.

Após o terceiro banho desde que deixei a capital nepalesa, entrei num estado de relaxamento e de prazer que poucas vezes havia experimentado. O banho, normalmente, é um ritual tão mecânico e natural que raramente paramos para aproveitar as sensações por ele provocadas. A água quente daquela tarde me limpou, me rejuvenesceu e me encheu de energia. Isso era muito bom, porque tudo ficaria mais difícil a partir do dia seguinte, com a caminhada, a temperatura cada vez mais baixa, a altitude que aumentava e o ar rarefeito. Eu não tinha a menor idéia de quando teria a oportunidade de entrar novamente debaixo de um chuveiro. Aumentavam as exigências físicas da viagem e as nossas reações seriam imprevisíveis. Naquela noite, o termômetro registrou -11 °C.

Dormir era um excelente remédio para curar dois males: o cansaço e a falta do que fazer. Cada um seguia para o quarto por volta das sete e meia, no máximo às oito da noite. A iluminação no refeitório era mínima e ficar conversando depois do jantar na penumbra, no meio da fumaça do aquecedor, era insuportável. O frio também fazia bater o queixo e o melhor lugar acabava sendo o estrado e o saco de dormir. Diante de todas as adversidades, aquele era o canto mais agradável. Ao fechar o zíper, cada um se isolava e se livrava de outro incômodo: o ronco alheio. O ar rarefeito faz as pessoas dormirem de boca aberta e o tempo de descansar se transforma num concerto de barulhos e suspiros de toda espécie. Todos caíam no sono tão rápido que nem encontravam motivos para zombar dos amigos no dia seguinte.

A única brincadeira que se manteve desde o começo da viagem foi o concurso de tombos: cada um que caísse sentado na neve teria de pagar uma cerveja para o guia no fim da viagem; Manoel, por sua vez, se viesse a se esparramar no chão, teria que custear nove garrafas para o grupo. Quando avistávamos uma subida ou uma descida muito acentuada, com neve fofa ou gelo escorregadio, o grupo ficava atento, e logo que alguém se esborrachava no chão a gritaria era geral.

Silêncio

O horário do despertar – às seis da manhã – incomodava. O método rígido de iniciar o dia provocava a sensação de que estávamos exagerando, nos submetendo a uma espécie de norma de quartel. Levantar uma ou duas horas depois seria mais agradável para o espírito e melhor ainda para o corpo – dormindo mais, eu pensava, estaríamos mais bem preparados para o esforço do dia. Aos poucos, porém, fui percebendo que minha lógica não era a ideal para os nossos propósitos. Logo cedo o caminho estava congelado, e a passagem era mais segura. À medida que a temperatura sobe, o gelo derrete e em muitos lugares aparece lama. O risco de escorregar, cair, se machucar, aumenta. Se partimos bem cedo, o dia rende mais, sem contar que a jornada em geral termina no meio da tarde, antes das viradas de tempo.

Pequenas tarefas se transformavam, a quase 4 mil metros de altura, em grandes dificuldades. Para lavar o rosto ao levantar eu recebia um litro de água quente numa pequena bacia, molhava os dedos e fazia a higiene. Repetia a ação várias vezes para esfregar um olho, o outro, a boca, o nariz, e somente no fim enchia a mão e jogava maior quantidade de água de uma só vez. Era o melhor possível para aquelas circunstâncias.

Escovar os dentes também era sofrido: tudo era feito fora do alojamento, na área externa exposta ao frio. Devido ao horário, por volta das seis e quinze, eu era obrigado a vestir as várias camadas de roupa para estar bem protegido. Depois da higiene com a escova, enxaguava a boca com a água quase congelada que fazia os dentes doerem como se não estivessem sadios.

Já as necessidades fisiológicas eram resolvidas de outra forma. Para urinar de madrugada, era necessário abrir o saco de dormir (e suportar o frio), pegar a lanterna e, por fim, acertar a pontaria na boca da *pee bottle* (no caso dos homens) ou das vasilhas, para as mulheres. Nem sempre, no entanto, a tarefa, aparentemente tão simples, foi cumprida com perfeição. Quanto à ida à "privada", mais sacrifício. Havia o bloqueio psicológico – usar a latrina exigia a superação de barreiras como a sujeira, a posição (de cócoras) e a visão do monte de dejetos (ainda que, por causa do frio, não existissem moscas nem mau cheiro).

E isso não era tudo. Nas regiões mais altas, principalmente durante as escaladas, os viajantes não dispõem de privadas, por isso, quando se montam acampamentos, cada um se vira como pode: atrás da barraca, de alguma pedra ou de um monte de gelo. Independentemente do lugar escolhido, uma regra deve ser cumprida à risca – fazer o que se tem de fazer rapidamente para evitar o risco de congelamento das partes do corpo expostas ao frio. Alguns alpinistas usam calças com um zíper nos fundilhos em forma de U, o que facilita a operação.

A neve que caíra durante a noite cobriu as últimas áreas do terreno que ainda não estavam completamente brancas. Num descampado em frente ao abrigo, nove iaques, lado a lado, pastavam a ração matutina de feno. Nas longas jornadas pelas montanhas, eles transportavam a própria alimentação em fardos amarrados às outras cargas. Duas vezes ao dia, logo cedo e no fim da tarde, seus donos lhes serviam a cota diária. Na paisagem que parecia sem vida, os iaques quebravam a monotonia. Balançavam a cabeça para abocanhar a comida, enquanto os sinos pendurados no pescoço produziam o único som que se ouvia naquelas alturas. Pacientemente, no mesmo ritmo dos animais, o dono da caravana batia com um ramo de árvore sobre as celas para retirar a neve acumulada durante a noite.

Estávamos alegres e falantes ao deixar o refeitório. Brincamos com o sol da manhã enquanto apertávamos as derradeiras tiras das mochilas e nos preparávamos para partir. A disposição era enorme, e nenhum de nós imaginava as dificuldades que nos esperavam para vencer os 560 metros verticais que teríamos pela frente.

Passamos devagar pelos iaques e seguimos num trecho de pouca inclinação, o que ajudou nos primeiros minutos de caminhada. O começo do dia era sempre assim: todos cheios de energia, mas, com o organismo ainda em ritmo de descanso, a movimentação inicial acabava sendo difícil. Naquela manhã, pelo menos o terreno nos dava a impressão de ser favorável e, andando com calma, aquecemos o corpo naturalmente. Conforme andávamos, o terreno se tornava mais inclinado, e logo percebemos que o volume de neve acumulada na noite anterior era grande, pois ela impedia que as botas se firmassem; os pés escorregavam, o corpo balançava e a nossa energia era aos poucos consumida. O espetáculo visual compensava o esforço, porém. Em pouco tempo caminhávamos pela encosta da montanha e lá do alto a imagem do vale era belíssima. Centenas de metros abaixo a neve cobria as casas e os terrenos usados pelos nepaleses para plantar batata. Com algum esforço e fixando bem o olhar, dava para entrever minúsculos seres que se movimentavam com lentidão: era uma coluna de iaques que, daquela distância, parecia uma linha de formigas em paciente trânsito rumo a um objetivo desconhecido.

O grupo sofria. Os pés afundavam vinte, trinta centímetros na neve e tivemos que diminuir o ritmo da caminhada. Cada um enfrentava suas próprias dificuldades e acabamos nos distanciando. A trilha era estreita e em alguns lugares havia pouco mais de um palmo de largura, o que nos obrigava a escolher qual pé colocar na frente. O caminho beirava um precipício e, a cada balançada do corpo, o risco de cair era real. Pensando nisso, olhei para baixo e senti um arrepio que começou nos pés e terminou debaixo da touca que protegia a cabeça. Uma queda significaria escorregar centenas de metros, e sobreviver seria difícil, se não impossível.

O efeito do treinamento do dia anterior me deixou confiante, seguro, mas igualmente ansioso. Nossa iniciação à escalada foi a poucos quilômetros do Island Peak, que estava no fundo do vale, à nossa espera. Olhar a montanha aumentava a expectativa de conquistá-la. Mas abortar uma subida também faz parte da realidade, é o lado decepcionante da aventura. Era preciso controlar o ânimo e o coração. A hora estava para chegar.

Uma águia muito bonita partiu de um espinhaço na encosta da montanha. Elegante, ela flutuou no ar por alguns minutos, tempo necessário para que pudéssemos fotografá-la, e retornou ao ponto de origem. A quase 5 mil metros de altura, a presença da águia despertou o nosso interesse porque o frio, o ar rarefeito e a falta de comida tornam extremamente difícil a flutuação das aves. Somente nas regiões com até 3 mil metros de altura a sobrevivência de animais é comum. A administração do Parque Nacional Sagarmatha registra a existência de 118 espécies de aves diferentes em seu território. Também podem ser encontrados lobos, ursos, o panda-vermelho, cabras montanhesas, marmotas e o leopardo-das-neves, animal que, aliás, é considerado sob ameaça de extinção e que, mesmo protegido por lei, continua a ser morto indiscriminadamente. Os moradores locais o vêem como um predador porque ataca o gado doméstico; já os caçadores interessam-se por sua pele valiosa e os ossos, comercializados para a produção de remédios.

Alguns dias antes, quando ainda caminhávamos em áreas de florestas, topamos com dois faisões e três cabras montanhesas. As aves, mais ariscas, desapareceram assim que perceberam a nossa presença. As cabras, de pêlo marrom-escuro, se mantiveram a uma prudente distância, mas continuaram pastando enquanto eram fotografadas.

Encontrar animais na trilha era sempre agradável: alterava o cenário por alguns minutos e permitia uma parada para fotos e descanso.

Eu levava duas câmeras na mochila, ao alcance das mãos, uma fotográfica e outra de vídeo. A primeira, a minha preferida, ficava pendurada no peito, presa na mochila, e podia ser usada sem dificuldade a qualquer instante. Era só puxar o zíper e sacar o equipamento, já pronto para ser disparado. A de vídeo, ao contrário, ficava dentro da mochila e dava um pouco mais de trabalho para ser operada. Só nas paradas mais demoradas é que dava para colocar a mochila no chão, abrir o compartimento em que ela estava acondicionada e de lá sacar a câmera. O frio e o esforço físico atrapalhavam: com as mãos protegidas pelas luvas, ficava difícil apertar o disparador. Ao mesmo tempo, a respiração ofegante provocada pela redução de oxigênio me obrigava a procurar um apoio para a câmera; caso contrário, as imagens sairiam tremidas. Até aquele momento eu já tinha tirado mais de 250 fotos. Para que nenhum registro se perdesse durante a viagem, fizemos um "acordo fotográfico": uns fotografavam os outros e no fim da viagem faríamos uma troca de fotos.

Depois de subir 210 metros verticais em três horas, ninguém tinha vontade de fotografar quando paramos para almoçar em Dughla. Era um abrigo pequeno, num platô, único terreno não inclinado no meio de uma subida. Um lugar bonito, mas o que sobrava de beleza faltava em higiene – era o abrigo mais sujo que tínhamos visto até aquele momento. Enquanto o nosso cozinheiro preparava o macarrão, fizemos uma pequena limpeza nas mesas, repletas de restos de comida e manchas de chá e leite. Preferíamos comer na área externa, onde também havia mesas e cadeiras, mas o vento e o frio desestimularam qualquer idéia nesse sentido. Sem alternativa, permanecemos dentro do refeitório por uma hora. Precisávamos nos recuperar do esforço matutino, só que não dava para ficar à vontade, tamanha era a sujeira – restos de comida espalhados pelo chão, pedaços de embalagens de produtos diversos em todos os cantos, cadeiras empilhadas, tudo dividindo o espaço com as pessoas.

Iniciamos a subida do glaciar por uma rampa íngreme de pelo menos setenta metros verticais sobre um terreno em que, além de gelo e neve, havia muita pedra. O glaciar, ou geleira, é uma espécie de rio congelado, uma língua de gelo formada pela neve acumulada durante centenas de anos, e que desce lentamente montanha abaixo. Dughla fica na extremidade final do glaciar do Khumbu, que começa alguns quilômetros acima, em torno do monte Everest. Nosso caminho, a partir de então, seguiria do fim para o começo da massa de gelo, em direção à maior montanha do planeta.

Ao retomarmos o caminho, recebemos a companhia alegre e agitada de um novo companheiro, um cachorro. Ele estava no abrigo, aparentemente não tinha dono e se pôs a marchar conosco assim que demos os primeiros passos. De início pensamos que nos acompanharia apenas por alguns minutos, mas o tempo foi passando e ele continuava a nos seguir... Logo parecia um velho conhecido, correndo de um lado para o outro, latindo e brincando, ora à frente, por vezes ao nosso lado. Lembrava um pastor alemão, de pêlo manchado de amarelo e preto, só que não era tão alto nem apresentava a mesma conformação física. Era mais baixo e até meio gordinho, com focinho curto, como a maioria dos vira-latas nepaleses, o que lhe conferia um ar simpático.

O cão nos seguiu na subida difícil e lenta, sobre um piso irregular e cheio de pedras. Estávamos bem aclimatados às condições do ar rarefeito, mas quando o organismo era mais exigido, como naquela tarde, a reação era imediata: taquicardia, respiração ofegante e a flagrante dificuldade em conciliar a captação de oxigênio com a queima intensa de energia. Foram exatos 45 minutos até que Manoel, Hélio e eu, que estávamos na frente, alcançássemos a parte mais alta do terreno, onde fica o memorial dos sherpas. É um lugar especial, tratado com respeito e cerimônia pelos alpinistas, uma espécie de cemitério dos que morreram nas montanhas. Ali foram construídas dezenas de pequenos altares, cercados por *manis*, as pedras de oração com inscrições religiosas. Cada "altar" tinha o nome de um alpinista, bem como seus dados de nascimento e morte; entre eles estava o de Scott Fischer, que morreu no cume do Everest em 10 de maio de 1996. O que chamava mais a atenção era o de Late Babu Chiri Sherpa, um dos maiores fenômenos na história do alpinismo nepalês. Em 6 de maio de 1999, com 33 anos de idade, ele chegou ao cume do Everest e estabeleceu o recorde de permanência no topo: ficou no alto da montanha, abrigado numa minúscula barraca, por 21 horas. Também se tornou o alpinista que mais rapidamente subiu do acampamento-base ao ponto mais alto do mundo – em dezesseis horas e 56 minutos. Em 29 de abril de 2001, prestes a completar 36 anos, e quando descia do Everest pela 11ª vez, sempre sem usar oxigênio suplementar, Babu Chiri caiu numa fenda de duzentos metros de profundidade e morreu. Uma foto, presa no altar, o mostra sorridente, sereno e confiante. Aquele parecia ser o melhor lugar para ele repousar e contemplar as montanhas. Sobre a sua imagem lendária, as bandeiras de oração tremulavam ao vento, levando sua lembrança aos céus.[9]

Aguardamos a chegada do restante do grupo sentados sobre pedras. O céu estava azul e naquela altura, a pouco mais de 4800 metros, as nuvens passavam rapidamente levadas por ventos fortes. Era surpreendente acompanhar o movimento intenso daqueles enormes flocos brancos que surgiam do nada, em instantes atravessavam diante de nós e desapareciam.

Observamos à frente, mas ainda bem ao longe, o Kala Patthar, onde estaríamos em dois dias. A colina, com 5550 metros de altura, parecia pequena diante da face sul do enorme Pumo Ri (7165 metros), que surgia logo atrás. Ao atingirmos aquele ponto, alcançaríamos a primeira parte dos nossos objetivos: estar bem perto do Everest e ter dele uma visão privilegiada. Durante a parada ingerimos algumas barras de cereais e tomamos um pouco de água (suja, porém potável) enquanto recuperávamos a energia. Foram minutos mais uma vez propícios para nossa reflexão e êxtase. As montanhas se redesenhavam à medida que caminhávamos rumo ao norte e a cada olhar descobríamos faces novas das enormes esculturas geladas. Os momentos de quietude nos levavam a sonhar com escaladas, conquistas e com a vitória individual sobre a natureza.

Meia hora de parada foi o suficiente para que o grupo se recompusesse. Assim que demos os primeiros passos, Manoel encontrou uma lata de cerveja abandonada por algum turista pelo caminho. Ele pegou o metal, amassou-o e o guardou na mochila, para despejar no lixo quando encontrasse um.

A sujeira deixada pelos montanhistas pelas trilhas do Himalaia é uma preocupação para os que estão atentos ao futuro do meio ambiente naque-

9. No primeiro semestre de 2003, o recorde de velocidade de subida do acampamento-base ao cume do Everest foi batido duas vezes. Em 23 de maio, por Pemba Dorjie Sherpa: doze horas e 45 minutos; e em 26 de maio, por Lakpa Gelu Sherpa: dez horas, 56 minutos e 46 segundos. Em 2004, outro nepalês estabeleceu novo recorde de subida: Pemba Dorji, de 26 anos, chegou ao cume do Everest depois de incríveis oito horas e dez minutos. A distância entre o acampamento-base e o topo da montanha é de 3486 metros.

la região. Essa questão foi muito discutida em 2003, por ocasião das comemorações dos cinqüenta anos da primeira escalada com sucesso ao Everest.

O período crítico de acúmulo de lixo nos grandes picos ocorreu nos anos 1980, tão logo o Nepal foi incluído na rota dos aventureiros. Toneladas de cilindros de oxigênio vazios, restos de barracas, equipamentos de escalada, roupas e comida, tecidos e pedaços de plástico foram se acumulando nas grandes montanhas. A situação se agravou de tal modo que em 1992 o governo nepalês, a Associação Nepalesa de Montanhismo e o Comitê Sagarmatha de Controle de Poluição adotaram normas rígidas de fiscalização às expedições. A partir daquele ano tornou-se obrigatório depositar, antecipadamente, 4 mil dólares como "taxa de lixo", valor que é devolvido ao final da viagem, depois de os alpinistas provarem que trouxeram de volta da montanha tudo o que levaram na caravana. Os restos, inclusive dejetos orgânicos, devem ser acondicionados em tambores plásticos para posterior incineração. Foi a forma encontrada para obrigar os ocidentais a deixar as montanhas limpas.

Outra providência consiste na formação de expedições ambientais que recolhem o que pode representar perigo para o equilíbrio ecológico da região. A mais conhecida delas, realizada em 2000, foi integrada por nove alpinistas e 22 sherpas limpadores, que foram ao Everest com o objetivo de limpar a montanha. O grupo conseguiu a incrível façanha de retirar das encostas geladas 632 tubos de oxigênio vazios abandonados e 270 quilos de lixo de todo tipo, como baterias e barracas velhas, restos de alimentos, pilhas para uso em equipamentos eletrônicos e latas. Depois desse esforço, que chamou a atenção do mundo do alpinismo para o problema, os ocidentais aparentemente adotaram atitudes mais responsáveis na cordilheira, mas sabe-se que, dada a dificuldade de trazer tudo de volta para baixo, ainda há muito lixo e corpos de alpinistas mortos acima dos 8 mil metros.

A falta de informação da população local também dificulta os esforços de conservação. "Sem a participação da comunidade, a preservação da ecologia nas montanhas é quase impossível", disse numa entrevista o diretor executivo da Nepal Mountaineering Academy, Umesh Kumar Singh.[10] Ele ressaltou a necessidade de políticas públicas para o

10. *Journal of Nepal Mountaineering Association*, vol. 4, nº 9, 29 de maio de 2003.

envolvimento da população. "O governo deveria garantir incentivos para a participação das pessoas nessa importante tarefa de conservação do meio ambiente."

Os ecologistas também se preocupam com o aumento do número de montanhas que podem ser visitadas pelos turistas, que cresce ano a ano. Até 2001 havia somente 160 picos abertos aos montanhistas e escaladores. Em dezembro daquele ano o rei decidiu abrir mais 103. E nove meses depois, em 16 de setembro de 2002, outros treze cumes foram liberados à conquista dos aventureiros. Assim, o número total de picos já alcança 276, fato saudado pelos defensores do incremento do turismo no Nepal. O crescimento da área permitida aos estrangeiros, porém, dificulta a fiscalização das regras de respeito à natureza e favorece o acúmulo de sujeira na cordilheira do Himalaia.

Desde que começamos o trekking, a lata abandonada no caminho era a terceira "prova" do descuido dos visitantes. Sabíamos da existência de evidências até de contaminação do lençol freático em alguns pontos da rota, mas o caminho percorrido por nós estava limpo, com exceção das três latas. Os trekkers não pagam a taxa de lixo, só os alpinistas, e o pequeno volume de sujeira produzido por nós nos abrigos era deixado em caixas de papelão, utilizadas como lixo. Qual seria o destino dos sacos plásticos, do material de higiene pessoal e das embalagens dos alimentos que abandonávamos nas pousadas? Oficialmente, todo material descartado é colocado em tambores e levado para a maior cidade da região, Namche Bazar, onde é destruído de acordo com as normas determinadas pelo Comitê Sagarmatha de Controle de Poluição. O que testemunhei e ouvi, no entanto, pode sugerir um fim mais preocupante para o lixo. Em nenhum lugar ao longo das trilhas vi um único tambor que fosse para o depósito ou o recolhimento dos restos deixados pelos turistas. Um guia nepalês me contou que os donos dos abrigos queimam o lixo e levam para Namche apenas objetos como pilhas, que resistem às fogueiras. Mas eu desconfio que o problema é resolvido ali mesmo, sem que nada seja transportado para outro lugar, até porque isso implicaria a contratação de carregadores – ou seja, mais gastos. O temor daqueles que se preocupam com a natureza e com o que pode acontecer na região do Khumbu está em que, sem informação e treinamento, não haverá conscientização a respeito da extensão do problema. E, se as comunidades mais distantes não se engajarem nesse esforço, o problema poderá se tornar insolúvel nos próximos anos.

O abrigo seguinte ainda estava longe. Caminhávamos na beira do glaciar sobre a neve fofa, o que aumentava o desgaste e exigia de nós um esforço adicional. O pé não conseguia se manter firme no caminho e entortava ora para a direita, ora para a esquerda, nos obrigando a usar firmemente os bastões para equilibrar o corpo.

O frio tinha aumentado e o desconforto era maior. Com o passar do tempo, todos sentiam os pés gelados e problemas de circulação na ponta dos dedos. As meias estavam molhadas! Sabíamos que aos poucos elas iriam secar porque permitiam a "respiração do pé", mas, até que isso ocorresse, representavam um incômodo. E tão logo secassem estariam novamente molhadas minutos depois, numa seqüência alternada e previsível que parecia jamais terminar. O problema só se resolvia quando as trocávamos por outras mais grossas, limpas e secas no final do dia, que ainda estava longe.

O cansaço provocava irritação e ansiedade. "Chegar a algum lugar" era a meta. Queríamos apenas ter o "direito" de entrar num lugar quente, ou melhor, não tão frio, protegido do vento, sentar e respirar sem dificuldade. A expectativa do fim da jornada fazia com que a mesma pergunta fosse repetida seguidamente por nós: "Falta muito para chegar à Pirâmide?". A resposta-padrão adotada pelo guia era "vinte minutos", medida de tempo que não se confirmava nunca. Naquele dia, o oitavo de caminhada, percebemos que Manoel sempre dava a mesma resposta como forma de nos estimular a vencer o "pouco que faltava" e de manter o alto-astral do grupo – foi então que identificamos o "método manoelino de tempo e distância", por meio do qualele "nos enganava", informando distâncias e tempos menores que os reais.

Estava longe de casa havia catorze dias, um período até pequeno, mas grande o bastante para guardar muita saudade. Vencer a neve o tempo todo, subir e descer pedras, descobrir caminhos, sofrer para tomar banho, lavar o rosto e escovar os dentes. Nessas horas batiam a dor de estar longe da família, a saudade dos abraços e dos beijos, de dormir enroscado perna com perna, dos sorrisos doces e amorosos. O sofrimento físico, por contraditório que possa ser, fortalecia e fragilizava, me estimulava a continuar e me aproximava de quem eu havia deixado longe. Não os queria ao meu lado porque seria fazê-los padecer por algo que nunca desejaram, mas eu os tinha em pensamento, a todo instante.

Uma notícia criou uma expectativa bastante favorável entre nós: a de que o próximo alojamento teria dois banheiros na área interna, perto dos quartos, o que nos livraria do incômodo de ter que sair. A informação nos foi dada por Manoel como mais um trunfo para "empurrar" o grupo. O problema é que os períodos de "vinte minutos" para a chegada alardeados pelo guia se sucediam, o alojamento não surgia e já beirávamos a exaustão. O terreno era irregular, com subidas e descidas curtas, mas com pedras e degraus altos, e o risco de esgotamento físico perigosamente se aproximava. O Pumo Ri era a nossa referência. Seguíamos olhando para a montanha como se fosse a nossa estrela-guia, pois sabíamos que a Pirâmide estava localizada exatamente na frente dela. Parecíamos um bando de miseráveis em busca de ajuda. Também poderíamos ser comparados com um pequeno destacamento militar que, após perder seguidas batalhas, fugiu para não ser morto. Ou com náufragos, que depois de longamente vagar sem rumo no mar foram resgatados por algum navio cargueiro...

Hélio estava exausto, nem conseguia falar de tanto cansaço; Regina se mantinha calada por causa de uma brutal dor de cabeça; as botas da Angela se molharam no trajeto, as meias ficaram úmidas e os dedos dos pés estavam gelados. Natália, com diarréia e esgotada, não tinha vontade de falar. Meus pés doíam muito pelo esforço do dia, e Suely, por sua vez, continuava tomando antibiótico para melhorar a respiração. O grupo que encerrava o dia em frangalhos nem de longe lembrava o time alegre e falante que sete horas antes havia iniciado a jornada. Marcelo não reclamava nem falava: andava como um autômato ao entrar no alojamento em frente à Estação Italiana de Pesquisa.

O dia terminava de maneira melancólica. O abrigo tinha o sugestivo nome de "Hotel 8000 inn", ainda que não pudesse ser considerado um hotel e que estivesse numa altitude muito abaixo da indicada na placa da entrada. Estávamos a uma altura de 4970 metros. O prédio, bem simples, foi construído em 1990, ao mesmo tempo que era erguida a Estação Italiana de Pesquisa (Italian Research Center), que fica ao lado. O laboratório funciona no interior de uma estrutura de vidro e alumínio em forma de pirâmide e desenvolve estudos nas áreas de meteorologia, geologia e botânica, entre outros. O abrigo, que nos primeiros anos após a inauguração só atendia a italianos, com o tempo passou a receber os montanhistas. O Centro de Pesquisas acabou dando o nome ao lugar e, apesar de não corresponder à realidade, o *lodge* também era conhecido como Pirâmide. Para fornecer algum conforto aos pesquisadores, seus clientes permanentes, foram erguidos banheiros dentro do corpo do "hotel", e tínhamos certeza de que isso nos agradaria. Mas o nosso sonho durou pouco, até descobrirmos que o frio tinha congelado todos os canos e os banheiros estavam entupidos. A fossa externa era a única disponível.

O fim daquela tarde foi de pouca conversa. Mesmo dentro do abrigo, nenhum de nós tentou se livrar das vestimentas porque a temperatura era de -5 ºC. Regina padecia: o mal-estar começou no meio da tarde e em poucas horas ela estava desnorteada. A cabeça latejava, lancinante, e sugeria que a altitude fazia mais uma de suas vítimas. Ela entrou no seu alojamento sem forças e jogou-se na cama, enquanto Natália retirava as botas da mãe. Nervosa, Regina chorou bastante, enquanto repetia "eu quero ir pra casa, eu quero ir pra casa". Mais do que uma manifestação consciente ou de uma intenção, a frase era um comovente pedido de ajuda. Regina estava bem preparada fisicamente para a viagem, e até aquele instante vinha enfrentando as duras provas impostas pela natureza sem problemas; mas naquele momento sofria. Com um oxímetro,[11] Manoel mediu a quantidade de oxigênio no sangue dela e o resultado do exame foi mais do que satisfatório: apresentou 90% de saturação. Logo, a dor de cabeça e o enjôo podiam ser conseqüência do cansaço, do sol ou até do peso da mochila. Foi descartada no entanto a alternativa do mal-da-altitude. A explicação mais plausível, encontrada por ela própria, foi a de uma enxaqueca. Medicada, Regina dormiu profundamente e não mais deixou o quarto naquela noite.

O cachorro era o único ser vivo do grupo que estava alegre. Depois de nos acompanhar o dia todo, também entrou no *lodge*. Durante o dia ele correu sem parar e latiu para os iaques que cruzaram o nosso caminho. Mantinha-se à frente do guia e então nos esperava descansando, calmamente, sobre alguma rocha. Na Pirâmide, ele parecia definitivamente integrado. Tão logo nos esparramamos pelos bancos para descansar, o cão acomodou-se ao lado de Angela e só cedeu o lugar para mim após insistentes cutucões.

---

11. Aparelho que mede a saturação do oxigênio no sangue. Ao nível do mar, o organismo apresenta 97% ou 98% de hemoglobina transportando oxigênio. Na montanha, a capacidade de suprir o oxigênio diminui e o índice de 85% é considerado adequado para o bom funcionamento do organismo na altitude de 4 mil metros em que nos encontrávamos.

Por volta das sete da noite já tínhamos feito a higiene pessoal com lenços umedecidos e trocado as meias molhadas por outras secas e mais grossas. Nós nos acomodamos no refeitório, porém o aquecedor pouco calor produzia. Na tentativa de melhorar a sensação térmica, nos esprememos uns contra os outros, ombro a ombro. Marcelo praticamente não falou, Hélio tomou a sopa mas não tocou no macarrão que pediu, enquanto Suely continuava a se queixar de dificuldades respiratórias.

Fazendo um balanço do dia, ficou marcada em minha mente a força de vontade de Natália. Ela passou o dia com diarréia sem reclamar uma só vez. A despeito do desconforto físico que a obrigava a parar a cada meia hora, se manteve serena e sorridente.

Antes das oito da noite, os que ainda estavam no refeitório se recolheram para os quartos.

Ao contrário do que fizeram Hélio e Renato, não levei CDs nem fitas de música que me ajudassem a passar o tempo. Fiz essa opção antes mesmo de a viagem começar e não me arrependi. Para o Hélio, que continuava na trilha, a música funcionava como um elemento adicional de estímulo. Eu não queria nada que pudesse interferir no meu objetivo ou me distanciar do Nepal, e a música poderia desviar meu pensamento para outro lugar. Sem o som de um CD, meu principal companheiro a partir de certo instante passou o ser o silêncio. Naquele trecho, já perto do Everest, quando as dificuldades eram superlativas, eu ouvia apenas o ruído dos nossos passos pisando a neve. Era o que eu, desde a chegada ao aeroporto de Lukla, defini como "o som do silêncio", o vazio, o nada. A inexistência de ruídos tão naturais aos ouvidos dos ocidentais, como os de carros, telefones, televisões, naturalmente acarretava em mim longos momentos de reflexão. Vez ou outra surgia um rumor ao longe, provocado pelo vento que batia nas montanhas. Caminhando sozinho alguns metros atrás de Marcelo, eu tinha um tempo para mim. As botas sobre a neve fofa, as pontas dos bastões no gelo duro, minha respiração ofegante, tudo isso produzia sons de que eu nunca tinha me dado conta. Minha voz ganhava uma clareza e uma nitidez que eu jamais havia percebido. Eu a ouvia sem ruídos ou distorções, e essa foi uma experiência inesquecível entre tantas vividas até aquele instante. Na quietude do vale gelado eu me transportava para outra dimensão.

A sensação de tranqüilidade, sem nada para me incomodar, sem incertezas nem dúvidas, seria a paz?, perguntava a mim mesmo seguidamente, sem saber como responder. Sentia apenas que estava envolvido por bem-estar e prazer.

CHORO

Eu estava inchado. As maçãs do rosto, saltadas, pareciam ter sido socadas por um boxeador. A cor avermelhada provocada pela queimadura do sol dava à pele uma aparência macilenta, o que aumentava a impressão de ter sido surrada. O ar rarefeito e seus efeitos no organismo alteraram minhas feições. O rosto estava redondo e a sensação que eu tinha era de que minhas mandíbulas estavam mais volumosas.

Naquele dia, pela primeira vez, usei cinco camadas de roupas para me proteger do frio. A primeira era uma camiseta, igual às que vestimos para praticar esportes – leve, que permite a evaporação do suor. Sobre ela, uma blusa de mangas compridas igualmente leve e confortável, de produto sintético, que tinha a função de aquecer; em seguida, uma blusa de fleece, um produto especial para manter o calor; a quarta pele, semelhante à anterior, possuía as mesmas características, mas era mais grossa; e por fim a parca, jaqueta corta-vento, impermeável e transpirável, capaz de isolar o corpo do vento, do gelo ou da neve. As pernas eram protegidas por camadas semelhantes: uma calça térmica que colava no corpo e fazia a primeira retenção de calor; depois uma calça de fleece e a calça de trekking, de algodão. Nos pés, uma meia fina para absorver o suor, sob outra térmica, mais grossa, especial para garantir o conforto e manter o calor, e por último a bota. O conjunto completo retinha o calor produzido pelo corpo, ao mesmo tempo que permitia a respiração e a evaporação do suor, processo fundamental para que o corpo não permanecesse molhado. As mãos estavam protegidas por duas luvas, uma fina, outra dupla, procedimento obrigatório para evitar o congelamento. A despeito do excesso de roupas sobrepostas, elas possibilitavam a execução dos principais movimentos sem dificuldade. Eu não tinha frio mas sentia permanentemente a agressividade do ambiente gelado, o que não era pouco.

Descobri que afinal havia perdido o medo de altura, e isso era fantástico! Nos últimos anos eu desenvolvi uma fobia por altura sem saber o motivo. Não passei por nenhum trauma nem situação pessoal, familiar ou profissional que a explicasse. De uma hora para outra comecei a me sentir mal quando exposto à altitude: em edifícios com elevador panorâmico não conseguia olhar para baixo sem sentir vertigens, e não me aproximava de sacadas a uma distância mínima de um metro. Antes de ir para o Nepal, um sonho recorrente aterrorizou minhas madrugadas: eu me via pendurado na janela de um prédio altíssimo, não tinha forças para elevar o corpo e escapar da queda, olhava para baixo e sentia vertigens, até acordar em pânico, coberto de suor. O medo intenso, e irracional, porém, nunca me levou a colocar em dúvida a realização da viagem, ao contrário: eu tinha certeza de que o problema com a altura não ia me impedir de caminhar pelas encostas perigosas das montanhas. E, depois de todos aqueles dias me equilibrando à beira de precipícios, descobri que a altura não me incomoda mais, mesmo nos locais em que era permanente a possibilidade de um acidente. A constatação foi uma das grandes emoções daquele dia.

Era evidente para mim que podíamos ser divididos em três grupos quanto à motivação para estar naquele lugar inóspito, submetidos a sofrimentos variados, dia após dia. Havia os que estavam interessados em "conhecer o lugar", aprender a respeito das diferenças entre ocidentais e orientais, travar contato com a cultura local e inscrever o Nepal como mais um ponto na sua lista de conquistas internacionais. Outros pretendiam "se conhecer", testar as limitações físicas e psicológicas e, quem sabe, ultrapassar as próprias fronteiras. A terceira turma, eu pensava, era movida pelo propósito de "se completar", descobrir "algo mais", o que serviria para reafirmar crenças e valores cultivados anteriormente, ou, numa situação-limite, levar ao rompimento total com os padrões deixados do outro lado do mundo.

Eu não tinha a percepção objetiva da medida em que esse processo me atingia, mas na prática eu estava mudado, ou melhor, *adaptado* às circunstâncias. No meio da montanha um profissional de televisão vale tanto quanto um adolescente de quinze anos, com tênis furados e feição de criança, a carregar trinta quilos nas costas o dia todo. O cidadão acostumado com banho diário inserido em uma realidade de sujeira permanente. Eu não me lembrava mais da última vez em que tinha visto televisão ou lido jornal – será que os Estados Unidos invadiram o Iraque?, me perguntava de vez em quando. Mas a resposta, que nunca vinha, tampouco tinha alguma importância. Houvesse ou não guerra, tivessem as bolsas de valores caído ou subido, eram fatos que não me causavam o menor abalo. Era tudo muito distante, como se fosse em outra galáxia; no meio do gelo, eu era simplesmente "um", e nada mais.

No nono dia de caminhada eu definitivamente tinha aberto mão do conforto e dos prazeres cultivados durante toda a minha vida. A diferença é que minhas atitudes se pautavam por tudo o que eu estava vivendo, não mais pelo que vivi antes de iniciar a viagem. O que importava era "o agora" e, nesse sentido, eu já estava considerando normal escovar os dentes a cada dois dias, não trocar a cueca e usar a mesma camiseta por mais de um dia sem me incomodar com o odor. Minhas mãos, permanentemente encardidas, eram usadas para espalhar filtro solar pelo rosto, limpar a neve das calças, carregar a mochila, amarrar o cadarço das botas sujas, abrir e fechar as portas das fossas imundas, cortar o pão e levá-lo à boca. Lavar a mão em água fria? Nem pensar – em questão de segundos os dedos perdem a sensibilidade. Os cantos das unhas carregavam uma cor difusa, fruto da mistura de restos de sujeira acumulados nos últimos dias. Vez ou outra eu passava um lenço úmido para fazer a higiene, mas as pontas dos dedos continuavam escuras. Trocar de calça, por quê?, se uma outra, limpa, ficaria imunda no máximo em dois dias?

Pensava nisso enquanto me preparava para dormir. Coloquei a garrafa para o xixi da madrugada bem ao lado do estrado, de modo que pudesse encontrá-la com facilidade no escuro. Meu relógio registrava -5 ºC dentro do quarto quando entrei no saco de dormir. Rapidamente fechei o zíper lateral, cobri a cabeça e fechei o segundo zíper sobre o rosto, deixando para fora apenas o nariz e a boca. Instantes depois o calor produzido pelo meu corpo e retido pela "minha cama" já transmitia uma agradável sensação de bem-estar. Em segundos eu estava roncando.

Acordei com a sensação de que algo estranho ocorria comigo. Entorpecido pelo sono, tentei entender o que havia de errado. Não tinha noção do que podia ser, sentia apenas que era algo ruim. Tentei me ajeitar dentro do saco de dormir, mas não houve melhora. Já desperto, acionei o relógio de pulso e a luz azul do mostrador indicou na escuridão três e vinte da madrugada. Então descobri: faltava ar nos meus pulmões. Eu inspirava e expirava, contudo isso não bastava, estava me sentindo mal, não tinha idéia do que fazer e fiquei aflito. Lembrei-me de muitas ocasiões, na infância, em que sofri tombos fortes e perdi o fôlego, quando tentava respirar e não conseguia. Ficava alguns segundos em pânico, até que os pulmões se enchiam normalmente e a tranqüilidade voltava. Abri o fecho do saco de dormir, coloquei o nariz para fora e respirei fundo – nada mudou, a sensação ruim continuou. Repeti o movimento com mais disposição, e senti afinal meu peito se encher de ar e os pulmões serem ocupados. Era isso, o ar rarefeito! Pela primeira vez faltava oxigênio para eu respirar. Notei que a cada três ou quatro movimentos de inspiração a sensação piorava, então comecei a puxar o ar com força até perceber a melhora. Insisti nessa mecânica para me certificar de que tinha encontrado a explicação para o problema. Era só dormir de novo e acordar bem. Só que não foi isso que ocorreu. Despertei vezes seguidas com falta de ar e pouco descansei. Ao levantar para o nosso nono dia de caminhada, ainda estava com sono.

Deixamos a Pirâmide às nove da manhã – pela primeira vez a saída ocorria uma hora mais tarde, para compensar o cansaço do dia anterior –, com o objetivo de cumprir um roteiro ambicioso. Em três ou quatro horas alcançaríamos Gorak Shep, a 5140 metros, e após o almoço subiríamos o Kala Patthar, a 5550 metros, de onde teríamos uma visão espetacular do Everest. Caso o tempo não nos permitisse alcançar o topo antes do entardecer, pretendíamos subir mais tarde e dormir no cume para acompanhar de lá o amanhecer no cenário da maior montanha do mundo.

No café-da-manhã batizamos nosso companheiro canino de Brasuca, nome nada criativo, mas que cabia bem naquelas circunstâncias. Continuávamos sem saber por que ele ainda nos seguia e até quando estaria conosco, porém, como já era considerado integrante do grupo, deveria ser chamado por um nome. Em rápida votação ele ganhou um, e, apesar de não nos dar a mínima atenção quando era chamado, o animal se constituía em um motivo para alegrar a nossa manhã.

Rumamos para o norte pelo glaciar do Khumbu. O extenso rio de gelo seguia em linha reta à nossa frente até abraçar o Everest. O vale, no coração do Himalaia, formava uma gigantesca ferradura de onde se avistavam algumas das maiores montanhas do mundo. À nossa esquerda estava o enorme cume triangular do Pumo Ri, ao lado o Lingtren, e um pouco à direita avistamos o Khumbutse – os três na fronteira do Nepal com o Tibete. Também era possível admirar o Lho La, uma depressão de 6026 metros de altura que liga os dois territórios. Voltando os olhos ainda mais para a direita, era visível o ombro oeste do Everest e o Nuptse, que encobria parte da "mãe de todas as montanhas".

A trilha era bem acidentada com sucessivas áreas inclinadas, numa superfície que alternava gelo com pedra e terrenos áridos que compunham uma paisagem desoladora. Era reconfortante saber que a caminhada da manhã não seria longa e que permitiria a cada um guardar energia para os períodos da tarde e da noite, quando seriam necessárias todas as reservas para subir o Kala Patthar. Ainda assim, em vários trechos a neve fofa provocou intenso desgaste em todos, e na chegada a Gorak Shep, três horas e meia depois, o cansaço era geral. Chamar àquilo de cidade era impensável, aldeia também seria demais. O melhor era utilizar a expressão "ponto de parada", com dois abrigos e estrutura mínima de apoio às caravanas que cruzavam a região e aos estrangeiros que se dirigiam ao Everest. Logo que entramos no *lodge*, alguns foram para os quartos, outros escolheram o refeitório para recuperar o fôlego. A opção adotada pela maioria foi parar, não fazer nada, evitar os movimentos, tomar uma caneca de chá de limão e esperar que a situação geral melhorasse. O silêncio era uma forma eficaz de economizar energia, ou a demonstração de que as reservas estavam baixas.

Desde o começo do trekking, cada trecho percorrido, não importava se numa velocidade mais acentuada ou num ritmo lento, era considerado uma vitória. Atletas, porém, que têm objetivos ambiciosos, usam a região como pista de provas! Aquela trilha montanhosa serve de cenário para a corrida mais espetacular do mundo: a maratona do Everest. Realizada nove vezes desde 1987, está no *Guinness Book of Records* como a maratona mais alta do planeta. A partida se dá em Gorak Shep, onde estávamos esperando pelo almoço, e a chegada, em Namche Bazar. Trata-se do percurso inverso ao que fizemos, mas nem por isso mais fácil. A prova só é recomendável para corredores com experiência em disputas de longas distâncias, de resistência ou em montanha. Além da dificuldade do terreno, o percurso não é demarcado e cada corredor tem que aprender a rota, que inclui a travessia em pontes suspensas e estreitas. E mais: não há prêmio em dinheiro e é preciso pagar uma taxa de inscrição para participar.[12] O conjunto das dificuldades, entretanto, acaba por aumentar o prestígio da prova. Até o ano de 2002, 609 corredores de 24 países já haviam tomado parte do evento. Os nepaleses sempre apresentaram bom desempenho na corrida – em média ocupam sete dos dez primeiros lugares. O recordista é Rari Roka, que em 2000 completou a prova com o tempo de três horas, cinqüenta minutos e 23 segundos. Apesar das condições ruins em que a marato-

12. Atletas que partem da Inglaterra pagam 2 mil libras esterlinas. Os que chegam ao Nepal e se inscrevem em Katmandu têm que recolher 1500 libras. O dinheiro arrecadado, descontado o valor necessário à organização da maratona, é destinado a hospitais e clínicas médicas, bem como para a construção de escolas e instituições de caridade nepalesas.

na é realizada, nunca houve casos de mortes ou problemas de saúde considerados graves em nenhuma das provas disputadas até hoje.

No almoço, o de sempre, nada que entusiasmasse: macarrão, ovo e mo-mos – pasteizinhos fritos ou cozidos no vapor, recheados de vegetais ou atum. Alguns não pediram nada, outros abandonaram seus pratos depois de algumas bocadas. Eu engoli a minha porção sem deixar nada. Ali mesmo no refeitório, Hélio deitou-se num banco para descansar por alguns minutos antes da partida. "Manoel, nas futuras excursões você tem que incluir um tempo para uma soneca decente; afinal, estamos em férias", disse e soltou uma sonora gargalhada. Marcelo também se recostou num canto para relaxar, fechou os olhos e esticou as pernas por baixo da mesa tentando encontrar uma posição mais confortável. Hideko, Angela, Suely, Natália e Regina preferiram ir para o quarto.

O abrigo que nos acolhia tinha a forma de um L: numa lateral ficava um longo corredor, através do qual se chegava aos quartos, todos pequenos, lado a lado, construídos com paredes de madeira fina, sem nenhum tratamento térmico. O piso só era coberto no pequeno espaço em frente aos estrados onde depositamos as mochilas. Embaixo da armação onde dormiríamos naquela noite, o chão era de pedras misturadas com restos de sujeira e embalagens de comida deixadas por expedições que nos antecederam. O frio daquela tarde de alguns graus negativos nos dava, entretanto, a sensação de que não dividiríamos o espaço com baratas ou ratos, que não sobrevivem naquela temperatura. O fim do corredor dava início a outra lateral da construção, em que estavam localizados a cozinha e o refeitório. Tampouco havia alguma ligação direta entre as alas, por dentro do abrigo. Assim, para ir aos quartos tínhamos de deixar o refeitório, sempre mais quente, e nos expormos ao frio da área externa até a porta do alojamento, além de atravessar a área onde descansavam as caravanas de iaques, que a toda hora passavam pelo local. E, enquanto se alimentavam, os bichos despejavam seus dejetos no chão, transformando o pátio em uma mistura de gelo, pedra, feno, urina e estrume.

Para boa parte da equipe, aquele décimo dia de caminhada seria o mais importante. Subiríamos o Kala Patthar, e do seu cume teríamos uma esplêndida visão do Everest à nossa frente. O tempo tinha mudado na última meia hora e a região fora tomada por nuvens espessas que reduziam muito a visibilidade, mas resolvemos tentar. A idéia era partir no meio da tarde, subir os 410 metros verticais da encosta e, do alto do Kala Patthar, assistir ao pôr-do-sol no Everest. Se as condições atmosféricas não permitissem, faríamos nova tentativa de madrugada. A segunda opção, no entanto, era mais temerária, porque exigiria que a partida ocorresse no escuro, num horário em que o frio é bem mais intenso. Manoel preparou um planejamento em que Hideko e Suely, que eram as mais lentas, partiriam às duas e meia da tarde, acompanhadas de Nima. Quinze minutos depois, seria a vez de Angela, Marcelo, Regina e Natália, guiados pelo sirdar Som. Às três da tarde, Manoel, Hélio e eu, os mais rápidos, iniciaríamos o trajeto.

O grupo partiu aos poucos, conforme o planejado. Cada um vestia cinco camadas de roupa e, pela primeira vez, cobrindo as pernas, usamos calças impermeáveis. Sobre as botas que protegiam os pés e as canelas, amarramos polainas também impermeáveis, para evitar que a neve entrasse nos calçados. Descemos um terreno de uns trinta metros e entramos numa área plana, um lago congelado. O vento ficou mais forte e começou a jogar sobre nós a neve acumulada no chão e nas montanhas. Minhas mãos estavam protegidas por uma luva fina sob outra, dupla, de Gore-Tex. Fechei completamente minha parca. Apertei os cordões para isolar a parte inferior da blusa e impedir que o frio entrasse por baixo. Fiz o mesmo nos punhos, na testa e no queixo, de modo que todo o rosto ficasse protegido. Brasuca não foi conosco. A mascote preferiu ficar no calor do refeitório a enfrentar o frio e o vento gelado.

Aos poucos nos ambientamos às condições climáticas e imprimimos um ritmo mais rápido à caminhada. Seguimos em fila indiana e logo alcançamos o grupo precursor. Regina, que tinha se juntado a Hideko e Suely, nos esperava no início da subida tentando se proteger do vento atrás de uma pedra. Por decisão do guia nepalês elas estavam ali havia algum tempo, paradas, aguardando uma ordem de Manoel para continuar. O mau tempo ameaçava a continuidade da caminhada e o excesso de zelo levou Nima a consultar o chefe da equipe mais uma vez. Os vinte minutos que os quatro permaneceram ali foram sofridos e desgastantes, pois tiveram que suportar, além do frio intenso, o vento e a neve. Não havia sol e, olhando para o alto, era impossível enxergar o cume da montanha. A inclinação do terreno era acentuada e a trilha fazia uma longa volta pela lateral da montanha. Vencida a primeira parte, deparamos com uma seqüência de ziguezagues, alguns metros para a direita, outros para a esquerda, mas sempre subindo. Era o maior desafio que enfrentávamos desde o começo da viagem.

O grupo foi se separando. Eu e Manoel nos mantínhamos à frente, seguidos por Hélio. Atrás, se alternavam Angela, Marcelo, Natália e Regina. Por fim, Hideko e Suely, que não conseguiam acompanhar o ritmo dos outros. Na frente, cada vez que completávamos cem metros de subida, o guia fazia o anúncio aos gritos: "Mais cem!". À medida que subimos o sol foi aparecendo, tímido a princípio, e notamos que estávamos acima das nuvens. Pelo rádio Nima avisou que Suely, muito cansada, tinha parado para se recuperar. Manoel e eu falamos com ela algumas palavras de incentivo e combinamos um novo contato em vinte minutos.

Meu sentimento era de êxtase, e cada metro conquistado parecia ser retribuído pela natureza com uma visão mais bonita das montanhas. Era isso o que nos empurrava para o alto. Os contornos do caminho terminaram e atingimos o trecho final da subida. O caminho parecia mais fácil porque não havia mais degraus no gelo. "Lá está o cume", gritou Manoel. "Falta pouco, pessoal", completou ele. "Pouco pra você", pensei, "que carrega facilmente trinta quilos nas costas, sobe montanhas na frente de todo mundo e nunca reclama!" Para nós era um suplício. Eu encarei a subida como o mais importante teste para a minha subida do Island Peak – tinha que vencê-la para demonstrar a mim mesmo que estava preparado para o desafio principal.

No grupo intermediário o ritmo mudava conforme o cansaço aumentava. Angela comentou que não estava bem, sentia dores na barriga e mal-estar e ficou para trás. Ninguém falava, tudo era esforço. Hideko havia se juntado a eles, e num ritmo surpreendente demonstrou uma disposição incomum para quem tinha enfrentando duros testes durante a escalada. Suely, ao contrário, chegara ao seu limite. As jornadas de oito ou nove horas de duração nos dias anteriores minaram suas forças. Antes da viagem, a preparação física da arquiteta consistiu em caminhadas diárias de uma hora e meia. No Kala Patthar lhe faltava condicionamento para enfrentar a dureza da montanha, e ela sentia muito frio e fadiga. Suas paradas para descansar já demoravam mais que os períodos de caminhada. Em tais condições, dá-se um fato paradoxal para quem está em grande altitude: ao parar para recuperar as forças, os movimentos cessam e sente-se mais intensamente o efeito do frio. Para compensar a baixa temperatura, o organismo queima energia e a retomada das atividades fica mais difícil.

"Cume!", anunciou Manoel. Eu cheguei em seguida, alguns metros depois, levantei os bastões e gritei com toda a força. Não foi nenhuma palavra, nada com sentido, mas um urro vindo das entranhas, que libertava algo que não saberia definir, daqueles que a gente não consegue repetir e que provocam até falta de ar. Então virei as costas para o Manoel, me afastei e chorei copiosamente.

Passados alguns minutos, Hélio chegou ofegante. Esperei que se aproximasse e lhe dei um abraço demorado. Choramos juntos, enquanto ele exclamava: "Foi duro, foi duro, mas eu consegui!". Para cada um que terminava o percurso, recomeçavam a festa e o choro. Hideko foi a mais festejada porque deu um exemplo de superação e venceu seu maior desafio.

Marcelo chegou exausto, sem forças para reagir a nada. Ficou calado, não respondeu aos abraços e parecia entorpecido. Regina vinha lentamente; acompanhando o movimento dos que já estavam no alto, ouvia os gritos, tentava acelerar os passos, mas não conseguia. A cada dois ou três metros, parava para recuperar as forças. Naquele momento ela se encontrava bem atrás, sem condições de retomar o percurso. Tremia de frio e se mostrava esgotada, tão distante de nós que não a víamos do cume. Pelo rádio ainda tentamos animá-la a prosseguir com palavras de apoio. Dizíamos "Vem, força, você vai conseguir!", mas o frio, o vento e o cansaço não permitiram. Nós nos abraçamos e juntos, lá do alto, mandamos um beijo para ela, pelo rádio. Suely pôs-se a caminhar de volta.

Fazia muito frio, mas tirei as luvas para fotografar porque elas dificultavam a operação com a câmera. Sabia que não era a atitude correta, porém a alegria e a excitação por estar ali reduziram o bom senso e estimularam o risco. Escureceria em alguns minutos e não havia tempo a perder. Em instantes, no entanto, as nuvens pesadas se dissiparam, o sol apareceu às nossas costas e iluminou as montanhas. Sob condições climáticas desfavoráveis, os alpinistas prolongam a permanência em determinados pontos até que o tempo permita a subida. Se as nuvens desaparecem e o vento pára, a "janela", como dizem os escaladores, tem que ser aproveitada e inicia-se a partida para tentar o cume. O nosso caso não exigia decisões drásticas – a abertura momentânea do tempo era o que de melhor poderia ter acontecido. O espetáculo da natureza tornou-se magnífico.

Estávamos a 5550 metros de altura e no centro de um cenário incrivelmente belo. Por todos os lados dezenas de montanhas brancas exibiam o topo. Víamos com clareza à nossa esquerda o Pumo Ri, depois o Lingtren; voltando o rosto mais ainda em direção à direita, pela ordem, estavam o Khumbutse, o Lho La e o Changtse. O que mais fascinava era o conjunto monumental à nossa frente: em primeiro plano o Nuptse (que ocupava uma grande porção que ia do centro à direita), e, no meio, o Everest, que, por estar localizado um pouco mais atrás, criava a falsa sensação de que era mais baixo que eles. Naquele fim de tarde, quando o sol apareceu forte, sua luz iluminou a base das montanhas mais próximas formando uma larga faixa amarela, deixando escuros os três cumes. À medida que ele se pôs, a luz mudou de lugar e lentamente "escalou" as montanhas, tornando escuras suas bases. Enfim o sol se escondeu no poente, às nossas costas, e seus raios iluminaram apenas o cume do Everest. A maior elevação do planeta parecia demonstrar que a majestade é uma só e não pode ser confundida.

O Everest se parece com uma pirâmide de três lados. A face leste ou Kangshung – que vem a ser o nome do glaciar que passa por aquele lado da montanha – fica no Tibete. É a menos visitada, e por isso chamada de "face oculta". O lado norte também está na China e tem a preferência dos alpinistas que procuram escalar a montanha gastando menos. A face sudoeste está no Nepal. É a mais conhecida, por onde Hillary e Norgay chegaram ao cume em 1953, e o lado que podíamos acompanhar parcialmente naquele entardecer.

Fotografamos freneticamente, conscientes de que aquela era, para cada um de nós, uma oportunidade única. As inúmeras emoções não impediam, contudo, que sentíssemos os efeitos do vento e do frio que nos castigavam sem piedade. Vinte minutos depois de chegarmos ao cume não suportávamos mais continuar parados. Foi então que percebi a bobagem que tinha feito ao tirar as luvas: eu não sentia os dedos! Recoloquei as luvas e esfreguei as mãos como se pudesse, em segundos, recuperar a sensibilidade. Em vão; nenhum resultado. Procurei pelo guia, aflito, para que ele resolvesse o problema. "Vai demorar um pouco", disse Manoel, "mas logo a circulação volta e você terá seus dedos outra vez." A frase era boa, embora não diminuísse meu temor nem me acalmasse. Guardei a máquina fotográfica e massageei os dedos. Abri e fechei as mãos sem parar dezenas de vezes. As luvas grossas dificultavam os movimentos mais intensos, mesmo assim eu os repetia. Escureceu quando iniciamos a descida; então ligamos as lanternas frontais, presas à testa, e logo descobrimos outra fonte de luz, mais bonita e eficiente: a lua. Ela refletia a luz nas montanhas brancas e tornou a nossa paisagem mais fascinante. As encostas ficaram claras e o chão parecia brilhar.

Descemos com cuidado e sem sofrimento, até porque a caminhada montanha abaixo não exigia o esforço da jornada anterior. Aos poucos eu voltei a "sentir os dedos". A dor acompanhava o retorno da sensibilidade, mas eu tinha também a certeza de que a normalidade era uma questão de tempo. Então quem se afligiu e nos assustou foi o Hélio: "Manoel, eu não estou enxergando!", ele exclamou. Foi um assombro para o grupo, ninguém sabia o que dizer. "Como assim, sem enxergar?", alguém perguntou, como se falasse em nome de todos. "Está tudo embaçado", ele explicou, "as imagens estão indefinidas!" Hélio fora operado de miopia havia três anos e, antes da viagem, consultara um oftalmologista, temeroso de que algo mais sério pudesse ocorrer na altitude, onde a pressão do ar é menor. Tranqüilizado pelo cirurgião, ele embarcou. Quando constatou, naquele início de noite no alto do Kala Patthar, que não enxergava com nitidez, lembrou-se da cirurgia, do médico e sentiu muito medo. Manoel o amparou cuidadosamente durante a descida.

Em uma hora de caminhada firme estávamos de volta ao lago congelado e nos aproximamos do alojamento. Com a redução da luminosidade refletida na neve, Hélio recuperou a visão gradualmente. O que aconteceu é que, após a cirurgia, para corrigir a miopia de seis graus e meio, a espessura da placa central da córnea diminuiu, o que alterou sua biomecânica. Em grandes altitudes, a baixa pressão atmosférica pode alterar a espessura da córnea operada, provocando diminuição na qualidade da visão. Além disso, na escuridão a pupila tende a aumentar o seu diâmetro, e parte do estímulo visual acaba passando pela região não operada, onde a miopia persiste, o que contribui para a baixa qualidade visual.

Prestes a entrar no abrigo, comentei que jamais esqueceríamos aquela noite. Já dentro do *lodge*, porém, não houve congraçamento nem tipo algum de comemoração. No refeitório, cheio de fumaça escura de estrume de iaque queimado, o ambiente foi de desolação. Quando estávamos todos juntos, Suely e Hideko anunciaram que no dia seguinte iniciariam o caminho de volta. Regina tomou a palavra para informar que faria o mesmo: ela estava preocupada com o estado de Natália, consumida por uma diarréia contínua, que minava as forças da filha. A garota tinha fibra, enfrentava tudo sem reclamar, só que estava bastante abatida. Por isso, elas também voltariam. Eu estava aturdido com o que ouvia, o nosso grupo se esfacelava. "A turma da escalada, pelo menos, está inteira", pensei, enquanto tentava entender o que se passava conosco. Minha decepção aumentou quando Marcelo informou que o trekking para ele também terminara. "Acabou", ele disse, "cheguei ao meu limite físico e emocional. Não tenho mais forças pra nada", concluiu. Olhei para o Hélio, ansioso para saber o que ele faria. Também abandonaria o barco, me deixando sozinho no caminho do Island Peak?, indaguei mentalmente. "Eu vou com o Tramonta", anunciou, "me comprometi e mantenho a palavra, vou até o fim", ele encerrou, para minha alegria.

Não havia mais nada a fazer. Suely, Hideko, Regina, Natália e Marcelo deixaram, um a um, o refeitório e foram para os seus quartos. Angela, desolada num canto, começou a chorar. Desde o início da viagem, ela carregava a idéia fixa de conhecer o acampamento-base do Everest, o ponto de onde partem as expedições para escalar a montanha, mas tudo contribuía para que seu objetivo maior não fosse concretizado: ela estava cansada, não suportava mais a comida, se irritava com a fumaça nos refeitórios e era incomodada por uma rinite que não a largava. Se ela seguisse até o acampamento-base, teria de se separar das amigas e fazer o caminho de volta sozinha, três dias depois; se retornasse com o grupo, abandonaria seu sonho tão perto de alcançá-lo. Conspiravam contra sua vontade o cronograma do grupo e a natureza. A trilha até o Everest estava fechada porque as nevascas de dias anteriores provocaram grande acúmulo de neve, fato que impedia a passagem. Ou seja: ela teria que esperar ali um ou dois dias para só então, se o tempo permitisse, principiar a viagem. O guia e eu ouvimos calados o seu lamento pelo desfecho da viagem e sua tristeza por "abandonar o acampamento-base", o que lhe causava profunda decepção. Chorou muito sob os olhares curiosos dos carregadores, sentados em círculo em torno do aquecedor. Naquela noite Angela registrou em seu caderno: "Não dormi quase nada, estava com frio e fome e não consegui comer, fiquei com enjôo e não suportei aquele cheiro de querosene e fumaça de bosta queimada...". Por fim, decidiu mesmo voltar.

Manoel e eu fomos os únicos a pedir um prato de macarrão. Comemos em silêncio. Pela primeira vez não senti o sabor da comida.

O desfecho daquele dia me deixou completamente zonzo. Enquanto acompanhava o choro de Angela e ouvia o seu lamento doído, me desliguei por instantes do que ocorria à minha volta. A fraca luz do refeitório, que nos deixava na penumbra, o ar pesado, cheio de fumaça, que vinha do aquecedor, tudo contribuía para tornar o ambiente mais lúgubre. Olhei para a amiga de caminhada, mas o pensamento foi para longe. O que era para ser o nosso melhor dia terminava melancolicamente. Eu não chorava como Angela; minha decepção, porém, tinha o mesmo tamanho de sua tristeza... Foram tantos acontecimentos que eu ainda não conseguia entender o significado de tudo. Só me vinha à cabeça a sensação de que estava sendo abandonado pelos amigos. Sim, eu os considerava dessa maneira, tinha aprendido a gostar muito deles e a respeitá-los, e de certo modo me sentia traído. As mulheres abandonavam o plano de fazer um novo caminho conosco, de escalar uma pequena montanha enquanto estivéssemos no Island Peak e de voltar com o grupo para Katmandu; Renato tinha desistido muito antes, quando ainda não tínhamos alcançado um terço da caminhada; agora era Marcelo quem dava adeus a tudo o que havíamos planejado com meses de antecedência. Angela falava e chorava; ao seu lado, e ao mesmo tempo distante, eu reconstituí os eventos que preencheram as últimas horas.

Quando iniciamos a subida do Kala Patthar, o tempo era assustador. Nuvens baixas reduziam a visibilidade e o vento frio judiava de quem se aventurasse a deixar o abrigo. Mesmo assim, as condições adversas foram vencidas, uma a uma. Ao atravessarmos o lago congelado, eu ainda tinha dúvidas de que deveríamos continuar. Caminhando no fundo do vale, o castigo imposto pela neve que batia no rosto machucava como se milhões de grãos de areia em velocidade me atingissem. E vinham acompanhados da baixa temperatura, que colaborava para que a sensação térmica fosse pior. Ultrapassado o primeiro trecho, senti-me revigorado: o tempo melhorou, o vento diminuiu, e o céu gradualmente mostrou algumas janelas de sol. Mas o que mais me estimulou foi minha condição física: acompanhei o ritmo do guia, passamos todos os outros integrantes do grupo, permanecemos firmes na frente, em passos cadenciados e com poucas paradas. E o melhor: tive disposição durante todo o tempo, motivado pela certeza de que guardava uma boa reserva de energia para os próximos desafios, o que me me encheu de brio. Na montanha, o trekker ou o alpinista depende de três fatores para atingir seu objetivo: as condições da natureza, o moral, que o estimula a continuar, e a condição física, que lhe permite prosseguir ou não.

Ao chegar ao cume constatei que havia sido bem-sucedido em um duro teste e que estava bem preparado fisicamente, o que aumentou a sensação de confiança e bem-estar, e o choro brotou com intensidade. Solucei pensando em tudo o que tinha feito, o esforço, o sofrimento... Eu me lembrei da minha família: sozinho, mergulhando profundamente em mim mesmo, descobri a importância deles em tudo o que fiz até hoje. Fui invadido por uma sensação de prazer, de que eu era capaz de realizar muitas coisas, de me superar, de atingir metas jamais imaginadas, de estar feliz comigo mesmo.

Refeito da emoção da chegada, tive a consciência de estar vivendo um momento raro. À minha volta as montanhas exibiam os picos pontudos furando o céu. Os gigantescos blocos de rochas, cobertos de gelo, nos tornavam minúsculos pontos num majestoso mapa desenhado pela natureza. Não era preciso falar nada, só permitir ao corpo e à mente fruírem, deixar-se invadir por emoções e apreciar um dos maiores espetáculos da Terra.

Ao escurecer, a descida da montanha foi outro espetáculo que jamais esquecerei. O vale se iluminou com a luz da lua. A claridade refletiu no gelo, as montanhas ganharam tons claros e dispensei a lanterna que iria me auxiliar na descida. Não era necessária uma luz adicional para indicar o caminho, a trilha era perfeitamente visível. Pisei com cuidado cada pedaço do chão, que na minha imaginação parecia um frágil manto branco, pois não queria interferir naquela beleza que parecia ter sido feita só para mim.

A gargalhada de um sherpa me trouxe de volta ao ambiente do refeitório. Angela parecia conformada com a única opção que lhe havia restado: pôr-se a caminhar de volta. Ainda de cabeça baixa, ela se levantou, disse um boa-noite protocolar e foi para o quarto.

Nos minutos seguintes, enquanto comia o macarrão, pensei mais uma vez nas decisões tomadas pelos amigos. E aos poucos percebi quão egoísta tinha sido a minha avaliação inicial dos acontecimentos. Primeiro porque eles se encontravam em condições físicas e emocionais completamente diferentes das normais; depois, não existia um compromisso pessoal de cada um com o grupo, todos tinham o direito de decidir o que considerassem mais acertado; havia também a questão dos limites de cada um e eu não podia julgá-los com base no que eu acreditava ser o melhor; enfim, cada um estava usando os seus direitos, e isso tem que ser respeitado. Esses pensamentos fizeram com que eu me sentisse resignado. Gostaria de continuar a tê-los ao meu lado, mas, se não era mais possível, tentaria cumprir meus planos da maneira mais prazerosa que pudesse.

Vesti a parca, fechei o zíper principal para proteger o peito, pus as luvas e saí do refeitório para fotografar. Não ventava, porém o frio incomodava. Acima do cume do Pumo Ri, a lua cheia refletia por todo o vale. O contorno das montanhas era visível a quilômetros de distância. No alto, cobrindo tudo, o manto preto da noite, salpicado por milhões de estrelas... Olhei para o céu estupefato... Haviam me informado que a noite no alto das montanhas é de uma beleza indescritível, mas jamais poderia imaginar o quão bela podia ser. A quantidade de estrelas era tal que parecia que elas se sobrepunham. Não havia nenhuma névoa, nada que ofuscasse a luz que emitiam, o que as tornava perfeitamente visíveis. Queria fotografar tudo, registrar aquele momento na sua grandiosidade, levar para casa um pouco daquele espetáculo para poder reviver mais tarde a sensação de êxtase. O frio impediu que eu continuasse ali por muito tempo, parado. Olhei para as estrelas uma última vez, tentando identificar a que mais brilhava. Eram dezenas, centenas, milhares. Eu me senti feliz sabendo que dormiria em seguida, tendo todas elas em minha companhia.

A VÉSPERA

A viagem tornou-se completamente diferente daquela manhã em diante. Era o nosso décimo dia de trekking e o grupo passou a contar apenas com sete pessoas: Hélio, o guia, eu, o cozinheiro, o ajudante e dois carregadores. A outra turma seria composta dos seis companheiros que retornavam, mais três carregadores e um guia. Em dois ou três dias de caminhada montanha abaixo eles chegariam a Lukla, e dali era só embarcar para quarenta minutos de vôo até Katmandu. Nós, ao contrário, teríamos uma jornada longa e desgastante: partindo de Gorak Shep, a 5140 metros de altitude, seguiríamos até Dingboche, a 4410 metros, ou seja, uma descida de 730 metros. Depois subiríamos 320 metros para terminar o dia em Chhukhung, a uma altitude de 4730 metros. Era desestimulante saber que desceríamos bastante para depois ter que recuperar todo o terreno conquistado montanha acima.

A despedida não foi triste: recuperados do cansaço e das emoções do dia anterior, havia a consciência coletiva de que as decisões tinham sido tomadas para o melhor de cada um. Assim, os abraços apertados foram acompanhados de votos de sucesso na empreitada.

Partimos antes, logo às oito horas, sem a companhia de Brasuca, que ficou com o outro grupo. Iniciamos o retorno para o centro do Parque Nacional Sagarmatha, de onde rumaríamos em direção ao leste. Os primeiros movimentos foram lentos, com o corpo ainda sentindo os efeitos da exposição ao frio pouco tempo depois de sair do ambiente quente do saco de dormir. Em uma hora deixamos para trás a Pirâmide, que nos alojara na noite anterior, tendo à direita o Pumo Ri. Era a mesma trilha percorrida por nós três dias antes no sentido inverso. Repetir o caminho é comum no Nepal – é que o número de rotas, abertas há centenas de anos nas montanhas, é reduzido, e como não existem trilhas para cortar ou economizar caminho, dependendo dos lugares que pretende conhecer, o aventureiro passa pela mesma via mais de uma vez. A primeira parte da jornada não foi difícil porque o terreno era razoavelmente plano e a neve parecia consolidada – após duas nevascas o sol tinha deixado o chão firme. Em três horas o panorama mudou: a trilha foi para a beirada da montanha e tornou-se estreita. O piso continuou duro, mas escorregadio, porque o sol derreteu a primeira camada de gelo. A neve era fofa nas laterais, o que dificultava o movimento de enfiar os bastões para equilibrar o corpo. Passamos a conviver com o risco das quedas. Segui com cuidado, o que não foi suficiente para evitar um enorme susto: escorreguei e o pé esquerdo foi em direção ao vazio. Joguei o corpo para o lado oposto, o da encosta, levantei os bastões e cravei-os na neve do lado contrário ao da ribanceira. Ali depositei toda a minha força e o que me restava de equilíbrio. Os *sticks* afundaram lentamente na neve até a metade, só pararam depois de encontrar alguma rocha. Minha perna esquerda ficou solta no vazio; a direita se dobrou, recebendo todo o peso do corpo e sustentando um frágil equilíbrio – meu joelho praticamente tocou o chão. À esquerda eu tinha uma pirambeira, um terreno inclinado para o vazio que, em caso de queda, me levaria centenas de metros abaixo, sabe lá Deus até onde. No lado oposto, virando o corpo para a direita, a parede com neve, onde os dois bastões me seguravam. Levantei o pé esquerdo, pisei no gelo duro e, com o equilíbrio já recuperado, consegui ficar de pé bem devagar. Tudo se passou tão rápido!, mas o susto e a descarga de adrenalina me deixaram com o rosto coberto de suor. Ao tirar os bastões da neve, descobri que o incidente tinha sido mais sério do que parecia: os *sticks*, produzidos em metal altamente resistente e preparados para suportar grandes cargas, estavam tortos, resultado da força e do peso que coloquei sobre eles no momento em que me apoiei para não cair. Hélio e Manoel nem tiveram tempo de me ajudar. O primeiro estava bem à frente, enquanto o outro parceiro vinha vários metros atrás. Quando perceberam o que ocorreu e se apressaram para me ajudar, eu já estava me recompondo.

Nossa lenta caminhada prosseguiu sem sobressaltos até Dingboche, lugar onde já tínhamos parado no trajeto de ida para o Kala Patthar e que estava vivo na nossa lembrança por dois motivos: ali Renato decidiu voltar, e foi também naquela região que nos divertimos fazendo o treinamento para a escalada. Entramos no *lodge* seis horas depois da partida de Gorak Shep. Hélio nem quis almoçar, preferiu se esticar no refeitório para recuperar as forças, enquanto Manoel e eu comemos arroz com ovo frito.

Geograficamente, a vila está localizada no vértice de uma bifurcação importante: dali os trekkers e alpinistas seguem para o noroeste rumo ao Kala Patthar e ao Everest; na volta, é o caminho obrigatório para quem pretende ir ao Ama Dablan ou ao Island Peak.

Partimos em direção ao leste quando a digestão nem tinha começado. O tempo se mantinha firme na região havia três dias. O sol forte tinha derretido a neve em vários trechos da trilha, mas as montanhas continuavam cobertas de gelo. As nuvens baixavam a todo instante e, tão rapidamente quanto se formavam, desapareciam. Vez ou outra elas nos cercavam e reduziam nossa visibilidade, contudo a movimentação ágil da névoa proporcionava o surgimento de buracos que nos permitiam ver os cumes das montanhas em mais uma surpresa preparada pela natureza. Momentos de calor intenso eram sucedidos por rajadas de vento e queda na temperatura, alternadamente. A subida de 320 metros foi desgastante, mesmo porque já tínhamos descido 730 metros no período anterior ao almoço. E mais: o terreno de pedras reduziu o equilíbrio do corpo e provocou um desgaste maior para vencer o trajeto.

Mais duas horas e meia foram necessárias até Chhukhung, minúscula vila a 4730 metros de altitude. A surpresa foi encontrar um *lodge* limpo, num padrão de conforto bem melhor que o dos outros. Não que tivesse calefação ou colchão sobre o estrado, mas era bem cuidado, tratado com carinho e possuía cozinha arejada, o que nos agradou bastante.

O nome Island Peak foi dado à montanha em 1952 por Eric Shipton, porque vista de longe ela parece uma ilha num mar de gelo. Em 1983 os nepaleses passaram a chamá-la de Imja Tse, ou seja, "o topo do vale". Hoje os dois nomes são aceitos, e a escolha se dá dependendo da origem de quem os pronuncia. A montanha foi escalada pela primeira vez em 1953 por uma equipe de quatro alpinistas e sete sherpas que se preparavam para subir o Everest, entre eles o legendário Tenzing Norgay. Ela é pequena comparada aos grandes picos da cordilheira que a cercam, tem "apenas" 6189 metros de altitude, e por isso não impressiona os alpinistas de "oito mil". No entanto, um olhar mais atento revela que o pico é uma extensão da face sul do Lhotse Shar (8393 metros) e que está separado dele somente por um pequeno colo, uma parede mais baixa, o que proporciona à sua escalada um atrativo extra. Além disso, por estar próximo do Everest, o Island Peak é incluído na rota dos alpinistas como um interessante ponto para aclimatação e treinamento para as grandes escaladas.

Subir montanhas é um dos exercícios físicos mais caros do planeta; é sinônimo de gastar dinheiro, e muito. O valor é definido por uma tabela de preços atualizada pelo governo nepalês a cada dois ou três anos num documento chamado *Mountaineering Regulations*, que define regras para a concessão das autorizações. Os membros das expedições devem ter pelo menos dezesseis anos e as taxas para as subidas são fixadas segundo a altitude de cada montanha. O texto esclarece que as normas são necessárias para "tornar o montanhismo no país mais atraente e competitivo". Dessa forma o governo tenta justificar sua voraz fome arrecadadora, que faz das montanhas a mais rentável fonte de renda do Nepal. De acordo com o regulamento, a menor taxa é cobrada dos que pretendem subir as montanhas com até 6500 metros, que era o nosso caso – pagamos 350 dólares para escalar o Island Peak. A tarifa fica mais cara para aquelas cujos cumes variam de 6500 metros a 7 mil metros de altitude; ainda mais quando as montanhas vão de 7001 metros a 7500 metros; passam por outro reajuste dos 7501 metros aos 8 mil metros; e são elevadíssimas para as que possuem mais de 8 mil metros de altitude.

O Everest é exceção, já que deveria estar incluído na última faixa, mas o governo, espertamente, o separou do restante da categoria e criou um preço especial, bem mais alto. Pelo lado do Nepal, a autorização para a escalada do monte Everest custa 25 mil dólares para um alpinista sozinho; se forem duas pessoas, 20 mil dólares cada uma. O valor diminui até 70 mil dólares para sete pessoas, ou seja, 10 mil dólares por alpinista. Para reduzir os custos, antes de iniciar a escalada os alpinistas independentes procuram encontrar outros que estejam na mesma situação, formam um grupo e, assim, os gastos obrigatórios caem. A mesma lógica rege a formação das expedições comerciais, nas quais os alpinistas são acompanhados de guias especializados, carregadores, cozinheiros e uma grande infra-estrutura de apoio, incluindo cilindros de oxigênio para ajudar na respiração. Tanto no primeiro caso como neste, todos são obrigados a pagar, além da "autorização para escalar", valores adicionais por serviços obrigatórios impostos pelas autoridades. Por exemplo, pelo trabalho de um oficial de ligação (uma espécie de fiscal, baseado na montanha, responsável, entre outras coisas, por controlar a entrada e a saída dos alpinistas). O resultado final do pacote é este: a conta dos alpinistas independentes fica em torno dos 25 mil dólares. No caso das expedições comerciais, pode atingir estratosféricos 70 mil dólares por cliente.

Esse é o motivo que move os alpinistas com menos dinheiro a optar pela escalada do cume do Everest pelo Tibete (China), uma rota considerada mais difícil, que os expõem à força de um vento brutal, porém barata. O custo total diminui drasticamente para algo em torno dos 10 mil dólares. Nas expedições comerciais, o preço dessa rota se situa entre 25 mil e 40 mil dólares. Há casos de gastos ainda maiores, quando o cliente exige requintes, como oxigênio à disposição 24 horas por dia a partir dos 7 mil metros de altitude.

Independentemente do tamanho da conta bancária do aventureiro ou do montante que o alpinista está disposto a gastar, o número de pessoas que tentam "conquistar" o cume das montanhas não pára de crescer, a ponto de já existir uma discussão em torno da banalização do seu significado. Em 10 de maio de 1993, por exemplo, 37 alpinistas de sete expedições diferentes chegaram ao topo do Everest no mesmo dia. Na temporada de 2001, alcançaram o cume 182 escaladores, o recorde absoluto desde que a montanha começou a ser percorrida pelos homens. Muito antes, há oitenta anos, o assunto já era motivo de discussões. George Mallory, que em 1924 sucumbiria nas encostas geladas do Everest, teria respondido assim a um repórter do *New York Times* que insistia em saber por que ele tentava escalar o Everest: "Porque ele está lá". Beck Weathers, o médico que perdeu as mãos naquela montanha em 1996, talvez seja o autor do comentário que melhor define a disposição de gastar fortunas para escalar uma montanha: "Chegar ao pico de lugares como o Everest tem um significado pessoal para você, mas realmente não é mais um grande feito", concluiu.

Seis alpinistas, franceses e alemães, tinham "conquistado" o Island Peak três dias antes da nossa chegada a Chhukhung. A notícia nos animou e deixou o dia mais alegre.

Apenas o nosso grupo estava hospedado no abrigo, o que nos permitiu ocupar quartos separados; assim, com um pouco mais de espaço disponível, não tivemos que "socar" as mochilas e os sacolões debaixo da cama. A família que dirigia o local também contribuiu para tornar a nossa estada mais agradável e se dispôs a nos ensinar a fazer o pão tibetano para que eu pudesse gravar as cenas para a televisão. Sindi, a mãe, de 37 anos, e Maia, a filha de dezessete, abriram a cozinha à nossa entrada e pacientemente mostraram cada fase da produção do alimento, facilitando a gravação.

Terminado o jantar, cada um foi para o seu quarto. A ordem era descansar porque o grande dia estava chegando.

Minhas referências pessoais, minhas atitudes e preocupações mudaram depois de dez dias vivendo uma experiência completamente nova e que se contrapunha à minha trajetória pessoal e profissional. Somente a natureza, as montanhas, a neve e o gelo, o caminho e a escalada tinham significado. Eu estava imundo: fazia quatro dias que não tomava banho, não lavava o rosto nem escovava os dentes. O incrível é que essa ausência de cuidado com a higiene não me incomodava mais. O cabelo estava todo emplastrado, era um amontoado de pêlos sebentos grudados na cabeça, debaixo de gorros quentes. No rosto, as seguidas camadas sobrepostas de filtro solar se transformaram numa grossa pasta oleosa que durante o dia se misturava ao suor que escorria na face nos trechos de maior desgaste físico. Também não fazia a barba havia algum tempo, bem como não lavava as mãos desde que tinha excluído o banho das tarefas obrigatórias. As unhas encardidas guardavam restos de comida, hidratante e filtro solar. Não me lembrava de jornais, notícias, televisão, nada disso importava – eu não sentia falta de informação.

No limite

Fraquejei. Olhei para a montanha e ela sumiu atrás de uma nuvem baixa para em seguida reaparecer. Caminhei mais alguns metros olhando para o chão para não cair no meio das pedras e novamente o nevoeiro a escondeu. Passados alguns minutos, lá estava ela, enorme, uma grande massa triangular de rocha escura apontando para o céu, com as laterais e o cume cobertos por paredes brancas de gelo. Eu tinha visto o Island Peak muitas vezes no trajeto para o Kala Patthar, porém em condições diferentes: ele se apresentava no horizonte, ladeando outras montanhas muito maiores, se resumindo a uma referência bonita, imponente, mas menor no cenário que nos cercava.

Naquele dia foi diferente. Depois de partir de Dingboche, o Island Peak ficou à minha frente e eu caminhei sem parar em sua direção. E tudo mudou. As outras montanhas eram maiores, eu sabia, só que "a minha" parecia ter crescido e isso me assustou. O vento cortou o vale e gelou minhas orelhas descobertas. Puxei o gorro mais para trás para protegê-las e levantei o capuz. Pela primeira vez, olhando à volta, me perguntei se não estavam certos todos os que tentaram me demover da idéia "maluca" de fazer a viagem. Não teria sido melhor ter viajado com a família, como sempre fiz em anos anteriores? E tanto sofrimento, valia a pena? Olhei de novo para o Island Peak e recordei a frase de Mallory. "Ele estava lá", e só os que tentassem poderiam conquistá-lo. Adotando essa linha de raciocínio, mudei o rumo dos meus pensamentos. O cansaço me levava a duvidar dos meus objetivos e da minha disposição para alcançá-los. Estava andando havia mais de sete horas e não agüentava mais, precisava parar por um tempo e me recuperar. O mais importante, no entanto, era afastar o negativismo que perigosamente me rondava. Quando o cansaço físico ou o esgotamento mental se aproximam do limite, temos a tendência de alterar planos e mudar rotas, sobretudo em circunstâncias tão adversas como as que eu enfrentava. A resistência física e a determinação que me restavam eram o contraponto a essa linha de pensamento. Foi com base nelas que me convenci de que estava lá para subir a montanha e que iria conseguir!

A confiança voltou aos poucos e recordei a travessia que fizemos naquela manhã num trecho do glaciar do Khumbu. Manoel, à frente, escolheu cuidadosamente os lugares onde pisar. Em alguns pontos o gelo duro era garantia de segurança, permitia a passagem tranqüila e produzia um som diferente quando as pontas dos bastões furavam a camada superficial, até se cravarem com firmeza. Em outras áreas, a cobertura era frágil e um pisão descuidado poderia nos levar a afundar o pé na água gelada. Mais de uma vez parei para escutar: dava para ouvir perfeitamente o barulho de um riacho correndo no meio do gelo a alguns metros de profundidade. Que descoberta empolgante: um rio subterrâneo! Eu não sabia onde a água estava, desconhecia seu trajeto, mas a ouvia com nitidez. Imaginava que fosse um fio pequeno porque o ruído não era intenso; corria rapidamente no meio dos blocos congelados, se espalhava de quando em quando diante de uma parede mais resistente, para então recuperar seu curso, ganhar volume e seguir rumo aos rios montanha abaixo. Passei longos minutos pensando no riacho oculto e tentando descobrir cores novas no gelo congelado. O tempo tinha um sentido novo, que não dizia respeito a horas ou a minutos, e sim às minhas relações com o meio que me cercava. Duas vezes cruzamos com outros trekkers, contamos nossos planos e soubemos dos caminhos deles. Após as despedidas, retomamos a trilha.

Manoel tossiu o dia todo, uma tosse seca, insistente, que podia ser considerada um sinal de alerta. A 5 mil metros de altura qualquer medicamento tem pouca ou nenhuma eficácia e, se ele ingerisse um broncodilatador sofreria uma taquicardia, que teria como conseqüência uma sobrecarga ainda maior para o sistema cardiovascular, que já trabalhava em ritmo intenso para vencer a trilha. Ou seja, não havia alternativa que não fosse a nossa torcida para que o problema do guia não evoluísse para algo mais sério.

Telefonei para casa depois de cinco dias sem dar notícias. A ligação por satélite estava perfeita e pude matar a saudade ainda que por poucos segundos e com a família acordando. Para nós, o melhor período para tentar a comunicação era no meio da tarde, após estarmos instalados nos abrigos. Com o fuso horário de menos oito horas e 45 minutos, quase sempre pegávamos a família no meio do sono. Naquele dia não foi diferente: minha conversa às 14h45 foi recebida com pouco entusiasmo por minha mulher. Compreensivelmente, afinal ela estava sendo acordada pelo telefone às seis da manhã. Por outro lado, isso me ajudou a não responder a muitas perguntas e, sobretudo, a evitar o assunto mais delicado, a escalada do dia seguinte. Falei apenas o necessário: que estava bem, que não tinha ocorrido nenhum problema ou acidente, que a alimentação era boa e que logo estaria de volta – somente notícias boas. Foi o telefonema mais caro que já fiz na vida: naquele fim de mundo, paguei cinco dólares por um minuto de conversação.

Partimos para o acampamento-base do Island Peak às nove da manhã, debaixo de sol e com o céu claro. Primeiro seguiram os dois carregadores; o cozinheiro e o ajudante foram conosco um pouco atrás. O terreno irregular, com muitas subidas e descidas, era cortado por vários riachos. Transpusemos facilmente os pontos com menor volume de água saltando sobre as pedras. Já para cruzar os trechos com correnteza mais forte, passamos sobre pontes de estrutura precária, em péssimo estado. Eram dois troncos longitudinais ligando as extremidades do terreno. Ripas pregadas a eles serviam de piso. A regra era ir um por vez, escolhendo onde pisar para não correr o risco de cair.

À medida que nos aproximamos do Island Peak, avistamos à nossa esquerda o Lhotse, com uma parede vertical de mais de três quilômetros de altura. Sua base juntava-se à do Nuptse, formando um imenso bloco de mais de cinco quilômetros de extensão. À direita, podíamos admirar o cume do Ama Dablan. Entre um momento e outro de contemplação da natureza, escolhíamos cuidadosamente os trechos mais secos para não molhar as botas. Se, por um descuido, entrasse água no seu interior, o equipamento não mais secaria e colocaria a viagem em risco, pois nenhuma meia seria capaz de manter os pés secos.

O Island Peak gradualmente cresceu diante dos meus olhos e depois de três horas de caminhada chegamos ao acampamento-base, a 4970 metros de altitude, conhecido como Pareshaya Gyab, e o último apoio aos alpinistas no sopé da montanha, um lugar desolado, feio, com pedras por todos os lados e nenhum sinal de vida. Registros feitos por especialistas indicam, inclusive, que o local está exposto a avalanche em caso de nevasca forte. Alpinistas bem preparados e com boas condições de aclimatação são capazes de partir do acampamento-base, alcançar o cume do Island Peak e retornar ao ponto de partida em um dia. Entretanto, é costume os aventureiros montarem suas barracas no acampamento avançado antes de tentar o topo, não só porque isso torna a aventura mais completa como também por se constituir em uma maneira mais segura de iniciar a subida.

Sentamos no chão atrás da parede que melhor nos protegia do vento e fizemos um rápido lanche com pão nepalês, geléia e água. Enquanto isso, uma caravana de iaques surgiu ao longe. De início só ouvimos os badalos tímidos dos sinetes; aos poucos, o som ficou mais nítido, os animais surgiram e lentamente passaram por nós. Seguiram em direção ao sul, guiados por dois sherpas. Nossa parada de meia hora foi ótima e nos recompôs. O que nos preocupava, porém, eram as condições do tempo, que tinham mudado bastante desde a nossa partida de Chhukhung. O sol e o céu azul desapareceram e toda a região foi tomada por nuvens pesadas que deixaram a temperatura ainda mais baixa e criaram perspectivas ruins para os nossos planos. Se a 4970 metros, de onde nos preparávamos para partir, a situação não era boa, como estaria mais acima?

Nós nos pusemos a subir sem pressa pela parede inclinada da montanha, procurando nos adaptarmos ao chão de pedras soltas misturadas com gelo. Manoel foi à frente, seguido de mim, dos dois carregadores e do Hélio, fechando a fila. Nosso cozinheiro havia partido antes e já deveria estar no acampamento 630 metros acima. Os minutos foram passando e o desafio físico mostrou-se muito mais difícil do que suspeitávamos. Eu subia dois metros em linha reta, dois para a direita, outros dois à esquerda. No começo mantivemos num ritmo que, se não podia ser considerado rápido, pelo menos era constante. Aos poucos, permanecer naquela velocidade foi ficando difícil, até que, a cada dois ou três metros, eu precisava parar para respirar mais fundo, recuperar o fôlego e só então retomar o caminho. Na verdade, eu não respirava, bufava, o coração parecia sair pela boca, e a freqüência cardíaca devia estar por volta dos duzentos batimentos por minuto. Será que o coração, chegando ao limite do esforço, sinalizaria a necessidade de parar? Ou só indicaria a gravidade da situação depois que eu caísse vítima de algo mais sério? Eu sofria para vencer cada metro, respirava com força, enchia o peito de oxigênio, uma, duas vezes, e avançava mais um pouco. Questionava se teria condições de superar as dificuldades que estavam por vir ou se já estava vencido naquela pirambeira maldita, antes mesmo de iniciar a escalada. Para tornar a situação mais difícil, começou a nevar. As barracas do acampamento mais ao alto já eram visíveis entre grandes rochas no meio da montanha. Parei, respirei e soltei o ar, caminhei vagarosamente me aproximando do trecho final. Manoel já estava lá e aguardava minha aproximação. Cheguei ao acampamento, esbocei um cumprimento a Bhai e a Som e sentei numa pedra para descansar. Santos, o cozinheiro, me entregou uma caneca de chá quente e, enquanto eu olhava para a parede da montanha que tinha acabado de vencer, Hélio também chegou. Ao todo foram quase cinco horas de caminhada e subida até o campo alto, local usado como ponto de descanso dos alpinistas e de onde se parte para o ataque ao cume. Com grande esforço tínhamos passado por mais um teste.

A nossa escalada tinha sido cuidadosamente planejada. Acordaríamos às três da manhã, teríamos um desjejum reforçado com ovos, pão, chá e café, e iniciaríamos a subida às quatro horas. Cada um levaria uma lanterna frontal, presa à testa para iluminar o caminho, e a pretensão era cumprir a primeira etapa em três horas. Seria uma "escalaminhada" de 189 metros verticais, e em muitos lugares teríamos que abandonar os bastões e usar as mãos para ultrapassar pedras bem grandes; além disso, faríamos uma pequena travessia do glaciar, seguindo até a encosta coberta de gelo. O plano previa uma troca de equipamentos: vestiríamos polainas e calças impermeáveis, trocaríamos as botas de trekking por botas duplas mais resistentes ao frio e adaptadas para a situação do novo ambiente. Calçaríamos também os *crampons* para andar sobre o gelo e passaríamos a usar a piqueta. Daquele trecho em diante, a caminhada se daria numa trilha estreita e sinuosa na parede da montanha, que deveria ser vencida em mais duas horas. Estaríamos então perto do cume, prontos para o ataque final, que seria feito com o uso de cordas fixas instaladas antecipadamente na parede da montanha por Som e Bhai. Nos dois últimos trechos o grupo se dividiria: Bhai, Manoel e eu estaríamos ligados um ao outro por cordas, a uma distância de três ou quatro metros. Som e Hélio formariam uma dupla que subiria na seqüência. A idéia era os dois sherpas comandarem grupos diferentes para que, em caso de algum acidente – queda, escorregão ou dificuldade ainda mais séria –, o líder pudesse resolver o problema mais facilmente. Com as duas ou três horas necessárias para o percurso final, estaríamos no cume ao meio-dia, oito horas após o início da jornada.

O acampamento avançado foi montado pelos sherpas numa encosta inclinada. Depois de tomar mais uma caneca de chá quente e de normalizar a respiração, olhei ao redor. O bom senso jamais me sugeriria um lugar daqueles para descansar com segurança. Os sherpas haviam afastado as pedras para conseguir um terreno um pouco mais plano e prendido as barracas a grampos metálicos enterrados nas rochas. Alguns cabos foram amarrados em pedras. Era tudo rudimentar e não inspirava nenhuma confiança. De todo modo, tínhamos ido tão longe e vivido tantas experiências extremas que não seriam os "detalhes" que iriam fazer a diferença.

A barraca maior servia de cozinha. Tinha fogareiro, uma pequena mesa, sacolas com alimentos e apetrechos para preparar a comida: panelas, talheres, canecas e pratos. Outra barraca, um pouco menor, acomodou os carregadores, e a terceira ficou para o guia. A última barraca, com cerca de três metros quadrados, foi destinada a mim e ao Hélio. Era uma ironia: nós, os clientes, espremidos no menor espaço. Mas existia uma explicação lógica para essa distribuição aparentemente estranha – é mais fácil manter o calor em espaços menores e duas pessoas fazem isso com mais eficiência. No entanto, como distribuir duas mochilas, dois sacolões, botas e objetos pessoais num espaço tão diminuto? Pensamos em várias alternativas: deixar as botas de trekking e as de neve do lado de fora – elas congelariam e não poderiam ser usadas de madrugada; deixar os sacolões sob a neve – não conhecíamos o grau de impermeabilidade do material e temíamos que tudo que estivesse no interior deles se molhasse. Enfim, cada opção era seguida de uma desistência, até que o Hélio olhou para mim e, num tom que variava entre a ironia e a incredulidade, perguntou: "Tramonta, o que nós estamos fazendo aqui?". E, juntos, demos sonoras gargalhadas. Em seguida, desistimos de organizar o espaço – o melhor era empilhar tudo e descansar. Enquanto isso, a nevasca se intensificava.

O termômetro marcava -7 ºC dentro da barraca quando o almoço foi "servido". A baixa temperatura fez o prato de macarrão esfriar em segundos e tornou ainda mais desagradável a refeição. Não bastasse o fato de eu usar duas luvas e com elas ter que empunhar o garfo, o alimento já estava sem sabor. Hélio comeu um pouco e logo adormeceu. Eu também estava cansado pelo esforço da vinda, mas demorei a encontrar uma posição confortável. No espaço reduzido que me coube, consegui me ajeitar, com o sacolão junto do ombro esquerdo e a parede da barraca em contato com o ombro direito.

Eu ouvia o vento e a neve batendo na barraca. O choque dos flocos congelados contra a lona produzia um som seco. O que mais assustava, porém, era a vibração do nosso abrigo, que não parava de chacoalhar. Senti muito medo. Como ficar tranqüilo e dormir? Quanto tempo a nevasca ia durar? A barraca suportaria o esforço? O barulho externo significava um risco iminente de um acidente grave ou tudo não passava de impressão de "marinheiro de primeira viagem"?

Lembrei-me de tempestades de neve que provocaram tragédias. Como a que enfrentaram os alpinistas no alto do Everest em 1996 e que levou vários deles à morte. Casos em que fortes ventos arremessam longe barracas repletas de equipamentos pesados para escalada são igualmente comuns. A barraca também poderia rolar pela montanha? Eu precisava afastar os maus presságios, esquecer os riscos e me acalmar. Recordei então os dias de tempo bom, o céu azul da manhã e me apeguei à esperança de que tudo ia melhorar. Funcionou, e aos poucos me tranqüilizei e ouvi com nitidez a tosse de Manoel. Ele tinha piorado e tossia o tempo todo. Conseguiria escalar? Eu temia que ele estivesse desenvolvendo um quadro de edema pulmonar.

Dormi mal, acordei muitas vezes e pouco descansei. Às cinco da tarde a neve ainda caía sem parar. Estávamos nos aproximando da hora final após onze dias de caminhada, tudo tinha dado certo até aquele momento. O que seria da escalada? Eu não fazia a mínima idéia, mas desde o início vinha tratando cada fase como uma situação independente, que deveria ser analisada de acordo com o momento. E assim faria mais uma vez, na hora em que as decisões tivessem que ser tomadas.

Hélio acordou por volta das seis da tarde e somente uma hora depois parou de nevar. O tempo se manteve fechado, era impossível encontrar uma estrela no céu, e a temperatura externa baixara para -12 °C. Vestimos as roupas, pegamos as lanternas e fomos para a barraca do Manoel. Ouvimos um relato detalhado de Bhai sobre as condições do tempo e as dificuldades da subida. O sherpa informou que a situação no alto não era boa, que a neve tinha tornado o gelo mais perigoso e que, em vez de cem metros de cordas fixas conforme o planejado, ele e Som fixaram duzentos metros de cordas nas paredes da montanha para permitir nossa ascensão. "E o pior", contou, "é que nas últimas horas, para complicar ainda mais a subida, duas fendas surgiram no terço final da escalada."

Não era o que esperávamos ouvir. Escaladas bem planejadas podem ser malsucedidas quando os alpinistas, levados pela ambição, vaidade, necessidade de cumprir compromissos com patrocinadores ou prejudicados pelo ar rarefeito, tomam decisões equivocadas. Se em condições normais já corríamos alguns riscos, diante de tantas adversidades os problemas decerto seriam ainda maiores.

A temperatura, pela primeira vez, também me assustava. O termômetro marcava -8 °C dentro da barraca, quatro a menos do que era registrado externamente. A sensação térmica – isto é, o resultado da combinação do frio com a velocidade do vento e a umidade relativa do ar –, no entanto, sugeria um frio bem mais intenso, algo em torno dos -12 °C dentro da barraca (ou -18 °C do lado de fora). De madrugada, quando deixássemos a barraca para iniciar a subida, a temperatura estaria ainda mais baixa e eu temia não estar à altura das exigências do meio ambiente.

Além disso, nosso aprendizado nas montanhas, o tempo em que experimentamos os equipamentos de escalada pela primeira vez e fomos iniciados nos segredos do alpinismo, durou apenas três horas. Se um de nós caísse na parede de gelo, por exemplo, dificilmente conseguiria utilizar de imediato os procedimentos de segurança corretos para resolver o problema.

Os fatos nos amedrontavam e nos remetiam à nossa real insignificância perante a força dos deuses do Nepal. Diante da situação, Hélio me informou que não subiria e propôs a volta no dia seguinte. As dificuldades impostas pela montanha não me davam alternativa – baixei a cabeça e também resolvi voltar para casa.

O Nepal também me fez ver o quanto trabalhamos, consumimos e acreditamos em padrões exagerados de realização pessoal. A ansiedade pela acumulação de bens e as conquistas materiais por que tanto lutamos acabam assumindo um significado menor em meio a tanta pobreza, a carências nos aspectos mais fundamentais do cotidiano e à baixa qualidade de vida. O caminho da volta encerrava, simbolicamente, um ciclo de dezoito dias – desde que havia deixado minha casa no outro lado do mundo –, período em que não pensei em coisas ruins, em que convivi com pessoas que sem querer me deram lições práticas de respeito às regras da sobrevivência, de simplicidade, de religiosidade e de convivência fraterna.

EPÍLOGO

Era preciso aceitar a natureza e respeitá-la, perceber os desígnios da montanha e compreender que é ela que impõe as condições para a sobrevivência; a nós cabe evitar que, na ânsia do "querer", abandonemos o bom senso e a responsabilidade. Pela primeira vez em minha vida o ambiente mostrou-se de forma definitiva, agindo, determinando. A natureza era uma força viva que merecia ser vista com deferência não só pela sua força brutal como também pelo seu grau de integração com outros fenômenos.

Olhar a montanha, escutá-la e entendê-la é fundamental. Levar em conta as limitações individuais, como fizemos no alto do Island Peak, o que momentaneamente me pareceu uma prova de fracasso, transformou-se na humilde aceitação de que uma força maior se impunha e deveria ser acatada. Concluí que teria sempre que pensar na *vida* e esse foi o sentido de decidir pelo retorno. Nada justificaria colocar minha vida em risco, por menor que fosse o perigo, sobretudo depois de todas as experiências por que já havia passado até aquele instante.

Igualmente ficou claro para mim que o mundo moderno, na prática, pouco significado teve na minha estada nas montanhas. O que de importante ocorreu na viagem em nada dependeu da tecnologia. Do outro lado do planeta, a inexistência de estradas, carros e outras facilidades me fez voltar no tempo e agir com base nos mais rudimentares sistemas de sobrevivência humana. Nada do que aprendi entre os "civilizados" foi determinante nas minhas decisões ou no que aconteceu na região gelada. Anos de estudos, minha vida profissional, uma carreira respeitada, o contato permanente com o processo da informação – nada, absolutamente nada disso representou alguma coisa no tempo em que estive entre os nepaleses. Agi como um sherpa, ou pelo menos tentei ser como um deles, comendo e bebendo do mais simples, decidindo com base no bom senso e no possível. A simplicidade, o comum, o natural, é que acabaram determinando meus passos.

As lições que recebi do contato diário com os sherpas também contribuíram para me descobrir pequeno. E assim fui invadido por uma sensação de felicidade naquela parte distante do planeta. Lá eu não representei nenhum papel, não fui avaliado pela aparência, muito menos distinguido pelo que poderia ser ou representar. Fui apenas *eu* e a minha individualidade, fazendo o que queria, ou melhor, o que era possível fazer.

Ao me afastar do Island Peak, virei a cabeça e olhei a montanha pela última vez. Ela estaria sempre ali, coberta pela neve, belíssima, e eu poderia, algum dia, arriscar uma nova tentativa de subir, o que me confortava. Aos poucos fui deixando para trás os picos flutuando acima das nuvens a desafiar os aventureiros.

Caminhamos dois dias e meio até retornar a Lukla, de onde, duas semanas antes, partiu nossa expedição. Embarquei num bimotor de transporte de cargas para iniciar a viagem de volta. O avião correu pela pista inclinada com o motor a toda a força, abandonou o terreno asfaltado e logo ganhou sustentação. Alguns segundos depois fez uma larga curva à esquerda e sobrevoou a região do Khumbu.

O sol da manhã aquecia os moradores e o lindo céu azul não tinha nuvens. Nos terrenos plantados na beirada das montanhas foi possível identificar os primeiros brotos verdes que coloriam a paisagem árida. Grupos de crianças uniformizadas, de rostos arredondados, olhos amendoados e sorriso nos lábios, seguiam em direção à escola.

O Nepal continua vivo em mim. Reconstruo cada passo nas montanhas, relembro detalhes do nosso dia-a-dia, revejo lugares e pessoas. Eu me emociono ao ouvir os mantras entoados pelos monges, que ecoam em mim como se eu ainda estivesse dentro das *gompas* ou acompanhando as orações sendo proferidas por aqueles homens especiais.

"Mudou algo em sua vida?", me perguntam. Em relação às atividades profissionais e aos compromissos pessoais, não, continuo seguindo a rotina que cumpria anteriormente. Porém mudou a forma como agora encaro e avalio as atitudes à minha volta.

O Nepal pode ser tomado como uma vasta fonte de experiências diferentes, talvez exóticas, para uns, mas principalmente engrandecedoras, se o visitante estiver aberto a olhar, ouvir e aprender. Descobri com clareza a relatividade do tempo. Nem tudo tem que ser conseguido no momento imediato, com a emergência que a maioria das pessoas crê existir. É possível cumprir as metas, atingir os objetivos e chegar ao fim do caminho sem a urgência que os ponteiros dos relógios naturalmente impõem.

Os silenciosos vales das montanhas me ajudaram a refletir sobre a necessidade de ouvir as pessoas, escutar mais e agir com tranqüilidade. Aceitar como válidas as opções, ainda que desprovidas de razão, nos dá paz de espírito e nos ajuda a decidir ou a tomar atitudes sem medo.

Vi centenas de pessoas reverenciarem deuses estranhos e com o passar dos dias aprendi a respeitar manifestações religiosas e de comportamento que, para os ocidentais, podem parecer absurdas. Aceitar as diferenças e os diferentes como válidos, e, mais ainda, como direitos naturais das pessoas, pode nos ajudar a crescer como seres humanos.

Aprendi o valor de uma caminhada não só pelos benefícios físicos que ela pode oferecer, mas principalmente por outros ganhos ainda mais valiosos. Caminhar é criar um tempo só nosso, dedicado ao corpo e ao espírito. É retirar do todo um período exclusivo para olhar em volta e, à medida que cruzamos espaços, descobrir detalhes, novas formas, cores, dando atenção para o novo à sua volta. É ter um tempo para refletir, ponderar, avaliar, pesar atitudes, reconhecer erros, descobrir vitórias em fatos aparentemente insignificantes, valorizar situações, avaliar o presente, projetar o futuro.

Voltei do Nepal com a certeza de que as razões e os preceitos do mundo urbano ocidental muitas vezes nos levam a caminhos desprovidos de significados e pequenos nas atitudes. Na simplicidade dos nepaleses e na beleza gelada das montanhas do Himalaia, aprendi a valorizar, mais do que tudo, o espetáculo da vida.

Agora, sob esse céu belo e compassivo,
sinto que somos todos irmãos:
os que se embebedam,
os que rezam, os que roubam,
os que fornicam, os que lutam
e os que matam. A fonte é a mesma.
Ninguém sabe o que se passa
no íntimo de Deus.
Ele talvez não se importe,
talvez nem esteja zangado.
Numa noite como essa,
você tem a sensação
de que é possível subir ao céu
por uma escada de cordas.
Esta é a terra da poesia e do possível
e minha filha se chama Esperança.

Tayeb Salih, em
Tempo de migrar para o norte.

PARTE 3

Miséria e grandeza no gelo

Lista de roupas e equipamentos necessários para o trekking no Nepal

- Botas de caminhada, que devem ser compradas com antecedência e "amaciadas".
- Um par de tênis para passear em Katmandu.
- Um par de sandálias ou chinelos. As ideais são as "papetes", pois tanto podem ser usadas com meias na capital como nas pousadas para descansar os pés após um dia de caminhada.
- Seis pares de meias, pelo menos. Levei três, finas, de material térmico (resistente a baixas temperaturas), para uso conjunto com meias grossas, nos dias mais frios. Para o trekking, comprei seis. Elas podem ser de lã ou de outro material térmico, compradas em casas especializadas. São caras, mas mantêm os pés secos, confortáveis e quentes.
- Roupas de baixo: para os dias quentes na capital, ou no trecho inicial do trekking, cuecas (ou calcinhas) podem ser usadas normalmente. Para enfrentar o frio, são necessárias no mínimo duas blusas e duas calças térmicas, que grudam no corpo, retêm o calor e garantem corpo seco mesmo com transpiração abundante.
- Duas calças de tactel para o trekking.
- Um short ou bermuda.
- Pelo menos quatro camisetas de mangas curtas de tecido sintético que permita a transpiração. Camisetas de algodão são usadas apenas na capital, com temperatura mais alta.
- Dois pulôveres ou blusas de fleece, material sintético mais quente e mais leve do que a lã. Um pode ser fino e o outro deve ter espessura maior.
- Uma parca ou anoraque com capuz (casaco produzido geralmente de poliamida ou poliéster, material leve e impermeável), também chamado de "corta-vento".
- Um gorro de lã ou material térmico que cubra as orelhas.
- Um cachecol ou balaclava.

- Dois pares de luvas de material térmico: um deve ser leve; o outro precisa ser duplo, impermeável (sugere-se Gore-Tex).
- Óculos escuros com filtro UV, de preferência com proteção lateral. É recomendável levar dois pares, para o caso de perder um deles.
- Cantil de um litro.
- Uma lanterna.
- Mochila média com capacidade entre 35 e 50 litros, com alças confortáveis e acolchoadas.
- Lençol de casal dobrado ao meio e costurado para ser usado dentro do saco de dormir.
- Filtro solar com fator 25 de proteção, no mínimo (eu usei fator 50), e protetor labial com filtro solar.
- Toalha. As de material sintético (*wet towel*) são as melhores.

Devem ser incluídos:

- Três fotos 3x4 para obtenção da Autorização para trekking e do visto de entrada.
- Artigos de toalete.
- Lenços de papel em grande quantidade (nas montanhas o ar frio e seco provoca coriza permanente).
- Lenços umedecidos (uma caixa com cem) para higiene pessoal.
- Absorventes higiênicos para as mulheres.
- Boné ou chapéu com aba.
- Máquina fotográfica (filmes e equipamentos fotográficos podem ser comprados no Nepal).
- Caderneta para anotações.
- Medicamentos de uso pessoal.

Podem ser comprados ou alugados no Nepal:

- Pastilhas de iodo para purificar a água.
- Botas duplas para caminhada em gelo.
- *Crampons.*
- Saco de dormir de pena de ganso para suportar temperaturas de até -30 ºC.
- Calça impermeável para ser usada em áreas de muita neve.
- Polainas impermeáveis para evitar que a neve entre nas botas.
- Bastões de caminhada de tamanho regulável para ajudar nas subidas e descidas.
- Saco tipo marinheiro (*duffle bag*) usado no lugar da mala.
- Cadeado de tamanho médio para o *duffle bag.*
- *Pee bottle*, espécie de cantil para servir de reservatório de urina nas noites mais frias, evitando que o trekker seja obrigado a deixar o quarto ou a barraca.

Não se esqueça!

- A vacina contra a febre amarela é obrigatória para entrar no Nepal.

Opcionais

- Binóculos.
- Walkman ou discman e CDs.

Portfólio

JOSÉ HÉLIO BARALDI

FOTOS CARLOS TRAMONTINA

Colares e arranjos com flores silvestres são vendidos na porta dos templos para serem oferecidos aos deuses.

JOSÉ HÉLIO BARALDI

As duas noivinhas: irmãs de sete e nove anos, ricamente vestidas, seguem para a cerimônia de noivado, contrato acertado entre as famílias já na infância.

Feira-livre em uma rua do centro de Katmandu. Não existem bancas e os produtos são arrumados no chão.

FOTOS JOSÉ HÉLIO BARALDI

CARLOS TRAMONTINA

Elefantes, macacos, leões e até ratos são venerados como reencarnações divinas e enfeitam a entrada dos templos. Alguns desses monumentos foram erguidos há séculos.

CARLOS TRAMONTINA

Janelas de madeira com entalhes à mão enfeitam as casas e demonstram a riqueza da cultura local.

JOSÉ HÉLIO BARALDI

Em todos os bairros de Katmandu, os templos atraem turistas e a população.

ANGELA MARIA DOS SANTOS

Monges budistas em celebração que ocorre duas vezes por dia. Eles entoam mantras durante uma hora seguida.

CARLOS TRAMONTINA

Um corpo envolto em túnica cor de laranja é preparado para cremação. A cerimônia é acompanhada por parentes e amigos à beira do rio Bagmati.

ANGELA MARIA DOS SANTOS

O bairro de Pashupatinath é formado por centenas de templos. Nos cultos hinduístas não é permitida a entrada de visitantes.

JOSÉ HÉLIO BARALDI

Portal na entrada do templo de Swayambhunath, com inscrições em homenagem aos deuses. Para chegar ao local de orações o visitante tem que subir uma escadaria de trezentos degraus.

FOTOS CARLOS TRAMONTINA

Monge circunda a estupa pela esquerda enquanto toca as rodas de oração. As bandeirolas coloridas balançam ao vento e levam as preces até os deuses.

JOSÉ HÉLIO BARALDI

Os olhos de Buda estão atentos em todas as direções. Bodnath, mais importante templo budista do Nepal, é cercado de residências, lojas e restaurantes.

FOTOS JOSÉ HÉLIO BARALDI

Personagens das ruas de Katmandu: mulher prepara colares de flores; "homens santos" com pinturas que revelam a fidelidade a um deus; e a devota sob os olhos de Buda.

JOSÉ HÉLIO BARALDI

Num país com maioria da população hinduísta, as vacas são sagradas e vivem livremente nas ruas, veneradas pelas pessoas.

ANGELA MARIA DOS SANTOS

Os encantadores de serpentes demonstram suas habilidades nos lugares mais visitados pelos turistas.

CARLOS TRAMONTINA

Um sadhu, ou "homem santo", concede-me uma bênção no meio da rua. Depois ele pediria uma contribuição em dinheiro.

Terrenos férteis são preparados para o plantio nas encostas das montanhas com até 3 000 m de altitude. Os nepaleses aproveitam o espaço mesmo nas áreas mais inclinadas.

CARLOS TRAMONTINA

FOTOS CARLOS TRAMONTINA

Depois de uma estafante caminhada de seis horas o grupo chega em Namche Bazar. Em pé, da esquerda para a direita: Marcelo, Hideko, Suely, Hélio, Natália, Ângela e eu. Agachada: Regina.

Aeroporto de Lukla, 540 m de pista inclinada. Numa extremidade, uma parede de rocha; na outra, o vazio do vale.

ANGELA MARIA DOS SANTOS

Namche é o mais importante entreposto comercial do Himalaia. Acima, a visão da cidade erguida na encosta da montanha; embaixo, a feira-livre que acontece aos sábados.

FOTOS CARLOS TRAMONTINA

A bagagem dos turistas é carregada por sherpas que recebem pelo peso que levam, normalmente trinta quilos cada.

Carregadores descansam para recuperar o fôlego. Eles transportam comida, bebida, combustível e até material de construção para abastecer as comunidades mais distantes.

Ao lado, as pontes metálicas balançam na passagem de homens e iaques. Como são estreitas, só se passa num sentido por vez

FOTOS CARLOS TRAMONTINA

Olhos amendoados,
rostos redondos
e um sorriso
permanente.
O povo das
montanhas traz
no rosto as marcas
da queimadura
do frio.

O lama nos
abençoa antes
de alcançarmos
as grandes
montanhas.
É a proteção dos
deuses para uma
subida segura.

As pedras de oração estão por toda a trilha. Nas inscrições, mantras como "que a sabedoria e compaixão se unam em meu coração".

Uma visão magnífica: no centro, o Everest (8850 m), de onde sai uma nuvem branca formada por ventos fortíssimos que batem no cume; à esquerda, o Nuptse (7855 m) e o Taboche (6367 m); à direita, o Lhotse (8516 m) e o Lhotse Shar (8400 m).

FOTOS CARLOS TRAMONTINA

ANGELA MARIA DOS SANTOS

A 3720 m de altitude, o aeroporto de Shyangboche, no meio do Himalaia, usado apenas para o transporte de cargas porque o risco de acidentes é grande.

CARLOS TRAMONTINA

As vilas mais distantes são formadas por poucas casas. As residências maiores hospedam os turistas.

JOSÉ HÉLIO BARALDI

Os iaques podem suportar temperaturas de até sessenta graus negativos e dividem com os carregadores o transporte de todo tipo de produto.

Na imensidão do vale congelado os homens se tornam minúsculos pontos que se diluem frente ao gigantismo das montanhas.

JOSÉ HÉLIO BARALDI

Bandeiras de oração, nuvens e gelo, o belo cenário que se repete dia após dia.

A subida pela trilha congelada e escorregadia d
encosta deve ser cuidadosa. Um descuido pod
levar o viajante a centenas de metros abaixo

CARLOS TRAMONTINA

CARLOS TRAMONTINA

JOSÉ HÉLIO BARALDI

O frio e ventos fortes dificultaram a subida ao Kala Pathar. Depois de muito esforço e choro, a foto tradicional, tendo o Everest, ao fundo, como testemunha. Atrás, em pé, da esquerda para a direita: Tec, Santos, Marcelo, Ângela, eu, Natália e Hélio. Na frente: Regina e Hideko.

JOSÉ HÉLIO BARALDI

Um entardecer de tirar o fôlego: do alto do KP, avistamos o Nuptse todo coberto de gelo. Mais atrás, o Everest, e suas encostas de rocha negra, parece menor que a outra montanha.

FOTOS CARLOS TRAMONTINA

O ponto azul e o outro vermelho indicam o nosso acampamento na encosta do Island Peak. Dentro da pequena barraca, temperatura de doze graus negativos. À direita, o cume do Island Peak (6189 m): um sonho adiado.

CARLOS TRAMONT

O espírito da montanha pressupõe viver o prazer intenso, ousar, arriscar, superar. Mas é também entrar em sintonia com a natureza. É viver a experiência da auto-estima, da solidariedade e da espiritualidade. Experimentar as manifestações fundamentais da vida, como o vento, o sol, o frio, o ar puro. É entender a vida como algo maior. E aproximar-se dos deuses, porque lá é a casa deles.

Miséria e grandeza no gelo

As pessoas que não têm nenhuma relação com o montanhismo costumam dizer que essa atividade não passa de maluquice. Elas não conseguem entender por que alguém decide se expor ao frio, sofrer muito e correr risco de morte para chegar ao topo de uma montanha. No caso dos parentes e dos amigos de quem parte para uma aventura tão radical, as opiniões são ainda mais ácidas e dramáticas. Para eles, escalar é apenas enfrentar um desafio pessoal e, mais ainda, uma atitude egoísta. E é fácil entender por que esse raciocínio tem milhões de simpatizantes: ao deixar mulher (ou marido) e filhos em casa, atravessar o mundo e gastar pequenas fortunas para se meter num jogo perigoso, quem parte para a aventura, na visão de quem fica, demonstra que não tem apego à família, que não ama a vida, e que coloca seus objetivos acima de tudo, inclusive do perigo.

É uma linha de pensamento absolutamente compreensível. A família dos aventureiros sofre com a longa ausência, com a falta de notícias de quem viajou, e isso alimenta todo tipo de pensamento, particularmente os trágicos. Além disso, o alpinismo só desperta o interesse da imprensa internacional nos casos de feitos memoráveis – que são poucos – ou de acidentes ou mortes, que ocorrem em número considerável. Desde a primeira expedição ao Himalaia, o Everest foi escalado, até 2002, 1665 vezes com êxito, mas 175 pessoas deixaram sua vida nas paredes geladas da montanha, ou seja, para cada nove cumes, houve uma morte. Nesse aspecto, o pior ano na trágica estatística de vida e morte na montanha foi 1996: quinze alpinistas morreram.

Também contribuem para alimentar a rejeição ao montanhismo os episódios de desprezo pela vida humana, presenciados com certa freqüência e cujos efeitos são potencializados pela divulgação da mídia. É um fato comprovado que a solidariedade, sentido moral que vincula o indivíduo à vida, não é o forte nas altas montanhas: quem se sente mal e não tem condições de andar nem sempre recebe o auxílio de outros escaladores – o mais comum é ser abandonado para morrer. Por mais paradoxal que seja, essa regra cruel é seguida por aqueles que estão lúcidos e que têm plena consciência de sua responsabilidade. Ao mesmo tempo – e daí a contradição –, a dificuldade, o sofrimento e a ansiedade para chegar ao cume levam muitos alpinistas a definir seu objetivo pessoal como o primeiro a ser respeitado. Nesse sentido, o auxílio aos outros não tem vez.

No ar rarefeito, vida e morte, caráter e moral só podem ser discutidos levando-se em consideração as condições extremas e as situações difíceis a que são submetidos os que ultrapassam os 8 mil metros de altitude. Em primeiro lugar, quem sobe se comporta como se estivesse enfeitiçado – a montanha atrai e intoxica; num momento a pessoa está bem, em dez minutos pode manifestar sinais de alterações graves no organismo. Com pouco oxigênio no cérebro, a montanha engana a mente do alpinista e distorce os pensamentos. O cérebro representa apenas 2% do peso corporal, mas consome 15% do oxigênio do corpo. Quando começa a faltar o gás que garante o funcionamento da máquina humana, o julgamento fica prejudicado, os pensamentos tornam-se lentos, é difícil tomar decisões. Tudo porque o nosso corpo não foi feito para funcionar naquelas condições.

A sobrevivência em tais altitudes é tão difícil que muitos alpinistas defendem o princípio de que carregar ou arrastar alguém que está doente lá no alto para tentar salvá-lo é arriscar a própria vida, e, portanto, a atitude mais recomendável é abandonar o aventureiro debilitado. Assim pensaram Ian Woodall e Catherine O'Dowd. Na primavera de 1996 ele era o líder de uma equipe sul-africana e ela, uma das integrantes do grupo. Naquele ano os dois protagonizaram episódios que os colocaram no centro de uma acirrada discussão entre os praticantes mais renomados do alpinismo. Em 10 de maio os dois estavam entre os que se negaram a prestar socorro às equipes comandadas por Rob Hall e Scott Fischer, que enfrentavam enormes dificuldades no alto do Everest. As duas expedições terminaram com a morte de cinco alpinistas. Passadas apenas duas semanas desse incidente, o criticado conceito de sobrevivência adotado pelos sul-africanos foi novamente posto em prática. Cathy e Ian retornavam do cume do Everest, que tinham alcançado por volta das nove e meia da manhã,[13] quando encontraram o fotógrafo Bruce Herrod,

13. Eles chegaram ao cume, pela primeira vez, em 25 de maio de 1996, pela rota normal do lado nepalês, usando cilindros de oxigênio.

integrante do grupo deles. Bruce era considerado um bom alpinista e queria chegar ao topo da montanha a qualquer custo, e o casal, mesmo sabendo que o horário estava muito avançado e que o companheiro não conseguiria chegar ao alto da montanha até as duas da tarde, hora-limite para o início da descida, não tentou demovê-lo da idéia. O fotógrafo conquistou o Everest às cinco da tarde, mas nunca mais voltou. Logo escureceu e, exausto pelo esforço da subida, ele sucumbiu no escuro. Seu corpo só foi encontrado, congelado, um ano depois.

Dois anos mais tarde, Cathy O'Dowd voltou a se envolver em outra situação igualmente grave no Everest. Em 22 de maio de 1998, ela caminhava havia duas horas, e tinha atingido os 8600 metros, quando encontrou um corpo na neve. Era Francys Arsentiev, que havia desmaiado quando iniciava a descida depois de chegar ao cume. Francys escalava sem oxigênio suplementar e seria a primeira americana a realizar tal proeza. Sem o gás engarrafado, aumentam o risco de o alpinista passar mal e a possibilidade de hipotermia. Segundo Cathy, "ela falou comigo: 'Não me abandone'". A sul-africana concordou, mas com ressalvas: "Vamos ajudar, sim, mas você tem que nos ajudar também", enquanto notava que a pupila da morena de cabelos castanhos, estatelada na neve, estava "imensa, sem reação". Ela contou ao National Geographic Channel que tinha a obrigação de ficar ao lado de Francys, contudo temia se arriscar. "Parada ali depois de algum tempo, eu não levantaria de novo e estaria arriscando não só a minha vida como a do resto da equipe, que teria que tentar me levar para baixo", Cathy refletiu. Pensou nas escolhas possíveis e tomou uma decisão. "Concluímos que ela não viveria, independentemente do local para onde conseguíssemos carregá-la", e então lhe virou as costas e se afastou. Três alpinistas do Uzbequistão acompanharam tudo de perto, deram de ombros para o que viram e seguiram em frente. Cathy não continuou em direção ao cume porque estava cansada, e retornou ao acampamento, deixando a americana ainda viva na neve, para morrer algumas horas depois. No dia em que Francys morreu, oito pessoas chegaram ao teto do mundo.[14]

---

14. O marido de Francys, o russo Sergei Arsentiev, chegou ao cume com a mulher, mas também morreu na descida. Seu corpo nunca foi encontrado.

Seaborn BeckWeathers, um médico patologista de Dallas, estava na equipe guiada por Rob Hall e sobreviveu à morte em 1996. Colhido por uma tempestade no alto da montanha, ele perdeu as luvas e sofreu congelamento nas mãos. Sem noção do caminho de volta, andou a esmo entre os perigosos precipícios. Chegou a ser encontrado pelos companheiros de equipe, mas eles o consideraram um caso perdido e o abandonaram para morrer. Beck conta que, quando o cérebro começa a sentir os efeitos violentos do ar rarefeito, "tudo fica mais distante, a pessoa sente que está flutuando e perde o contato com a realidade". Após ficar um tempo desacordado, o americano recuperou a consciência, levantou e caminhou até o acampamento. Com graves queimaduras ele logrou se salvar, no entanto perdeu parte do nariz e teve as mãos amputadas. Analisando o que aconteceu alguns anos depois, Beck afirmou que até compreendia o que fizeram os alpinistas, mas que não concordava. "Não posso aceitar essa atitude, porque mesmo depois de abandonado eu consegui voltar!" Ele prossegue: "O que teria acontecido com Yasuko, que estava ao meu lado, se tivesse sido trazida de volta?".[15] A dolorosa experiência no Everest deixou no médico, além das seqüelas físicas, uma amarga avaliação da ética na montanha: "Todos que escalam têm coragem física; já o caráter, de verdade, é raro", concluiu.

Num programa especial do National Geographic Channel para comemorar os cinqüenta anos da primeira ascensão ao Everest, o dr. Ken Kamler, alpinista e médico da equipe Alpine Ascent International, que também estava na montanha em maio de 1996, defendeu o compromisso que cada alpinista deve ter com a vida dos outros. "Se alguém está morrendo à sua frente", disse ele, "qualquer energia que você tem deve ser usada para salvar quem precisa de ajuda. Pode até concluir que não tem forças ou recursos para salvá-la, mas é diferente de seguir até o cume", ele declarou.

Mas a história do alpinismo mundial não é feita só de atitudes individualistas. Muitos alpinistas e sherpas já deram demonstrações de coragem e de desprendimento ao se arriscarem para salvar gente perdida nas montanhas. O americano Pete Athans é um especialista em Himalaia. Já comandou quinze expedições ao Everest, utilizando cinco rotas diferentes, e chegou ao cume sete vezes, tornando-se o recordista ocidental

15. A japonesa Yasuko Namba tinha 47 anos quando morreu no Everest. Foi a mulher mais velha a chegar ao cume.

nesse feito. Em 1996 Pete salvou dois alpinistas da morte por congelamento no alto da montanha. Mas ele mesmo admite que, em certas circunstâncias, pensar na própria sobrevivência é fundamental; afinal, lembra, "chegar ao topo é opcional, voltar é compulsório".

Helena Guiro Coelho e Paulo Rogério Coelho são alpinistas brasileiros muito respeitados. Em 1999 eles ajudaram a resgatar o alpinista português João Garcia – que, depois de chegar ao cume do Everest, se perdeu no caminho de volta –, uma atitude que foi muito comentada nos meios alpinos internacionais. Paulo é físico nuclear e Helena, professora do ensino fundamental em São Paulo. A primeira grande montanha que escalaram foi o monte Aconcágua (6962 metros), na Argentina, em 1986. Picados pelo "bicho da montanha", estiveram em todos os cumes mais altos da América do Sul, subiram o Kilimanjaro (5963 metros), na Tanzânia, no continente africano, e o Mont Blanc (4807 metros), na França. O maior de todos os objetivos, porém, eles ainda não alcançaram, que é o cume do Everest. Paulo e Helena sobem as montanhas da forma tradicional, sem oxigênio em garrafa. Já tentaram vencer a maior montanha do mundo seis vezes e atingiram os 8400 metros, em 2002, "apenas" 450 metros abaixo do topo, marco que coloca Helena na condição de única brasileira que realizou esse feito.

Em maio de 1999, os brasileiros tinham vencido a primeira etapa da subida ao Everest e descansavam no acampamento a 7 mil metros de altura. Souberam então que o alpinista português João Garcia, de quem eram amigos, estava em apuros. O português acabara de ser o primeiro (e único) lusitano a chegar ao cume da montanha. Ele havia escalado sem oxigênio suplementar, ou seja, "pela via justa", como dizem os alpinistas mais ortodoxos. João começara a descer, porém uma série de incidentes retardou a sua volta. Primeiro ele resolveu esperar o parceiro de escalada, o belga Pascal Debrower, e, após encontrá-lo, voltou ao cume com o amigo que seguia lentamente. Como a subida foi demorada, a dupla pôs-se a retornar já de noite e se perdeu. O tempo passou e a luta dos dois alpinistas para encontrar o acampamento prosseguia, mas sem sucesso. Tudo era acompanhado, por rádio, pelos amigos, que estavam a 6400 metros, no acampamento-base avançado, e também por um grupo que estava mais acima, nos 7 mil metros, entre eles Paulo e Helena. Vários alpinistas e sherpas não se arriscaram a deixar as barracas para iniciar as buscas, alegando que não sabiam onde procurar o português perdido e que, sem referências para localizá-lo, qualquer tentativa seria suicídio. Paulo e Helena não concordaram e tomaram uma decisão diferente – o caminho da solidariedade. Paulo fez duas incursões sozinho, e não o encontrou. Na terceira, acompanhado de Helena, acharam-no pouco depois da meia-noite, na escuridão, exausto e no limite de suas forças. Tinha o nariz e os dedos das mãos e dos pés congelados. O casal o abrigou na barraca, cuidou dele e o acompanhou na descida até os 6400 metros. Ali o português recebeu o atendimento médico inicial e foi providenciado o transporte para o acampamento-base. A locomoção foi feita por seis tibetanos, que se revezaram para levá-lo nas costas montanha abaixo. João Garcia ficou internado por quatro dias em Katmandu, até ser transferido para Saragoça, na Espanha, onde permaneceu por mais 88 dias até se recuperar. O alpinista perdeu nove dedos das mãos e parte do nariz, congelados pelo frio. Pascal Debrower, que se distanciou de João quando escureceu, caiu num precipício e seu corpo nunca foi encontrado.

"Quando ajudamos o João, nós não paramos para pensar se deveríamos ou não deixar a barraca e procurá-lo no escuro", conta Paulo. "Ele estava precisando e nós decidimos fazer o que fosse possível." "Nós não tivemos dúvidas, nem ele nem eu", completa Helena. Naquela noite deu tudo certo, e a atitude deles foi fundamental para João Garcia sair da montanha vivo. Mas os dois brasileiros são realistas em relação ao que pode acontecer quando algo sério ocorre acima dos 8 mil metros de altura. "Quando nós vamos para as grandes altitudes", conta Helena, "procuramos estar fisicamente o mais bem preparados possível para não precisar de ajuda de ninguém. Por outro lado, devemos estar prontos para ajudar alguém que precisar." O casal acredita que a solidariedade até existe, na medida em que cada alpinista não disputa nada com o outro, mas trava uma batalha consigo mesmo e com a montanha. Porém, os lugares remotos, difíceis, levam as pessoas a tomar decisões em que a ajuda mútua nem sempre se faz presente. "As montanhas mais altas são o sonho de muita gente, que desenvolve em torno do assunto projetos de vida, com grande investimento pessoal e financeiro. Se a escalada culmina com a conquista do cume, o alpinista terá chance maior de conseguir um patrocínio, e isso, muitas vezes, leva a pessoa a adotar atitudes não muito nobres", conta Paulo. Helena continua: "Há também aqueles que precisam justificar o patrocínio que conseguiram, e, nesse sentido, eles não enxergam outra coisa que não sejam os seus objetivos". E não é só isso. Na montanha, segundo eles, reproduzem-se os mesmos vícios e as mesmas virtudes que se têm nas cidades. Mas reconhecem que lá no alto tudo é diferente, e que, "ao ajudar um ferido, o alpinista pode, em determinadas circunstâncias, colocar sua vida em risco", diz Paulo. Para eles, no entanto, a regra que vale é outra: "Auxiliar alguém é uma decisão que depende unicamente da formação de cada um e de princípios éticos e morais".

Esse tipo de preocupação não existia nas primeiras décadas do século passado, quando a conquista do Everest não passava de um sonho na mente dos alpinistas de todo o mundo. Naquela época, alcançar a montanha mais alta era não somente uma questão de coragem individual mas também de nacionalismo, pois a nação que chegasse primeiro ocuparia um panteão jamais experimentado por nenhuma outra. Sem contar o efeito que teria na imagem de força e de poder do país que atingisse esse objetivo.

Os britânicos foram os que mais se empenharam nessa corrida. Aliás, a história do Everest está diretamente ligada a eles. O coronel inglês George Everest, topógrafo-geral na Índia no período de 1830 a 1843, foi quem registrou a localização da montanha, chamando-a provisoriamente de Pico XV, em 1841. Onze anos depois, cálculos feitos no Great Trigonometrical Survewy of India permitiram concluir que ela era o ponto mais alto da Terra. Com o uso de teodolitos, únicos equipamentos então disponíveis para esse tipo de trabalho, chegou-se a uma altitude de 8839,80 metros.[16] Na época, os habitantes do Himalaia já tinham batizado a montanha: para os tibetanos, era Chomolungma, a "deusa-mãe do mundo"; os nepaleses a chamavam de Sagarmatha, a "deusa do

16. Descobriu-se mais tarde que a montanha tinha 8848 metros. Em 1999, cientistas provaram que o Everest é mais alto do que se pensava a princípio, e a montanha teve a medida de sua altitude alterada para 8850 metros.

céu". Os ingleses, no entanto, não levaram em consideração a tradição e a cultura locais, e a Real Sociedade Geográfica Britânica confirmou o nome Everest para a maior de todas as elevações do mundo.

As primeiras tentativas de conquistar a montanha só ocorreram no começo do século XX, depois de dois importantes acontecimentos na história da exploração terrestre: a chegada do homem ao pólo Norte (em 1909, numa expedição liderada pelo americano Robert Peary) e ao pólo Sul (alcançado pela equipe norueguesa sob o comando de Roald Amundsen, em 1911). Iniciava-se a corrida em busca da glória de atingir o ponto mais alto do globo.

Nas primeiras décadas daquele século os britânicos se dedicaram como nenhum outro povo à conquista do cume do Everest. Como perderam a glória de ser os primeiros a conquistar os dois pólos, queriam a qualquer custo o Everest, o "terceiro pólo". A primeira expedição que montaram para esse fim, em 1921, fez um reconhecimento da região da cordilheira do Himalaia entre os meses de junho e setembro e pesquisou uma rota pelo norte até o pico do Everest. Entre os participantes do grupo estava o professor George Mallory, 38 anos, o melhor montanhista inglês na época, que no ano seguinte voltaria ao Nepal como integrante do segundo grupo de alpinistas. A tentativa de chegar ao pico não deu certo e os escaladores tiveram que retornar após atingir o acampamento 6, a 8320 metros de altura. Com base nas informações e na experiência frustrada de 1922, uma nova empreitada dos insistentes britânicos se iniciou exatamente 24 meses depois. Era a terceira em quatro anos e lá estava Mallory outra vez. Em 8 de junho de 1924, ele partiu do acampamento 6 acompanhado de Andrew Irvine, um jovem de apenas 22 anos, para tentar o cume. Desde que haviam se instalado nas montanhas naquela temporada, outras duas tentativas de subida fracassaram. A dupla se encontrava próximo de alcançar o objetivo quando desapareceu no meio da neblina. Os dois alpinistas nunca voltaram ao acampamento e até hoje não se sabe, com certeza, se eles morreram na descida após terem atingido o cume ou se nunca chegaram lá. Em 1999 o corpo de Mallory foi encontrado na montanha e, com ele, vários objetos pessoais como óculos, anotações e o canivete. A foto de sua mulher, que Mallory havia prometido deixar no pico, não foi achada, nem sua máquina fotográfica, que poderia comprovar se eles alcançaram o topo do mundo. Terminada a expedição, o Everest ainda não estava conquistado, e os dois pioneiros passaram a fazer parte da trágica contabilidade das mortes na montanha. Em três anos de expedições britânicas, de 1921 a 1924, haviam morrido onze pessoas, entre alpinistas e carregadores sherpas.

Quando o apicultor Edmund Hillary, da Nova Zelândia, e o sherpa Tenzing Norgay chegaram ao cume do Everest, transformando-se em heróis mundiais, 29 anos tinham se transcorrido desde a saga de Mallory e Irvine. "Liquidamos o filho-da-mãe", exultou Hillary, depois de pisar na crista de gelo mais alta do planeta. Ao todo, dez expedições haviam sido malsucedidas até que, finalmente, na manhã de 29 de maio de 1953, os britânicos alcançavam a glória que buscavam havia tanto tempo. O intervalo decorrido entre a primeira tentativa e a subida vitoriosa já criava a sensação de que o topo do Everest era inatingível para o ser humano. Aliás, os fracassos repetidos deram à montanha sua real dimensão, conforme afirmou Walt Unsworth, historiador do Everest. Para ele, "se a primeira tentativa de escalar o Everest tivesse sido bem-sucedida, o feito teria sido saudado como notável e logo depois esquecido".

Para Hillary, estar no Everest não era novidade. Alpinista de gabarito, ele participou da expedição britânica de reconhecimento da montanha em 1951, na qual foi escalada a cascata de gelo (*icefall*) da montanha pelo lado do Nepal; participou também da expedição britânica de 1952, preparatória para a de 1953, quando tentaram a escalada do Cho Oyu, a 8201 metros. Nas três expedições havia outros escaladores da Nova Zelândia.

A expedição britânica de 1953 reuniu doze alpinistas, além de Hillary e Tenzing, e 350 carregadores. Foi considerada um sucesso total por ter sido concluída com êxito e por ninguém ter morrido ou sofrido com problemas de congelamento. O triunfo foi motivo de orgulho nacional e ocorreu exatamente um dia antes da coroação da rainha Elizabeth II. Os ingleses ainda sofriam as conseqüências da Segunda Guerra Mundial, encerrada oito anos antes, e o início de um novo reinado trazia consigo a simbologia da esperança. A conquista do Everest reafirmava os sentimentos patrióticos da nação.

Os alpinistas se tornaram heróis em seus países. Tenzing foi transformado em símbolo da força dos sherpas, recebeu diversos prêmios entregues pessoalmente por personalidades como o Dalai Lama e o presidente da Índia. Hillary, por sua vez, assim que voltou ao Reino Unido foi sagrado cavaleiro pela rainha, tornou-se *sir* e um símbolo mundial da aventura.

Edmund Hillary era um especialista em criação de abelhas e praticava o alpinismo apenas na Nova Zelândia, no período de inverno. A maior parte de seu tempo era dedicada às suas atividades profissionais. Mesmo não sendo um expoente em escalada, na expedição ao Nepal ele era considerado tão ousado como qualquer outro integrante mais experiente do grupo. Não tinha, porém, a menor noção do que seria sua vida após a primavera de 1953. Segundo John Hunt, o líder da expedição, "nenhum deles procurava a glória" quando decidiu ir à montanha, e a notoriedade acabou sendo uma conseqüência.

Depois de 1953 o herói do Everest nunca mais escalou a montanha que o tornou mundialmente famoso. Nos anos seguintes ele voltou à região seguidas vezes, chefiando expedições de escalada a picos menores como o Baruntse, a 7168 metros, e o Pethangtse, a 6738 metros. Com o tempo, consolidou sua amizade com os sherpas e isso o levou, aos poucos, a se dedicar a melhorar as condições de vida da sofrida população da região do Khumbu. Foi dele a idéia de construir o aeroporto de Lukla, que funciona até hoje como a principal porta de entrada do Himalaia pela via aérea. Hillary também comandou um grupo de amigos alpinistas e sherpas na dura tarefa de erguer uma escola em Pangboche. Durante meses ele pôde ser visto cortando madeira e pregando vigas. "Quando temos a chance de ajudar pessoas mais necessitadas do que nós, devemos fazê-lo", comentou.

Uma fatalidade levou Hillary a enfrentar um dos momentos mais dramáticos de sua vida exatamente no país onde alcançou sua maior glória. Em 1975 a mulher, Louise, e a filha Belinda morreram num acidente de avião logo após decolarem de Katmandu. Elas tinham embarcado num vôo que as levaria para se encontrarem com ele numa aldeia no meio das montanhas. Essas duas mortes o deixaram abalado e foi no trabalho braçal em seus projetos de ajuda na região do Everest que Hillary ocupou o tempo e buscou consolo.

Apesar da dedicação irrestrita do alpinista, as carências do Nepal eram tantas que ele decidiu montar uma entidade oficial para organizar, planejar e implantar projetos de auxílio às regiões onde viviam as populações mais sofridas do Himalaia. Nasciam assim The Himalayan Trust, um fundo privado de captação de recursos financeiros, e, depois, The Sir Edmund Hillary Foundation, registrada como instituição de caridade desde 1976. Ao longo desses anos, as duas entidades ajudaram a instalar pelo menos 25 escolas, dois hospitais e doze clínicas médicas. Também construíram pontes sobre rios turbulentos, campos de pouso para aviões pequenos e reergueram mosteiros budistas e centros culturais. Em 1989, então com setenta anos, ele se casou novamente, e com June Mulgrew viajou pelo mundo angariando recursos para novos projetos para o Himalaia.

Certa manhã gelada, nós passamos diante de um "berçário de árvores", outra atividade oriunda da inesgotável dedicação de Hillary, que assumiu a responsabilidade de reflorestar o Parque Nacional Sagarmatha. O resultado desse trabalho é o replantio, desde 1990, de 1 milhão de mudas.

Passado meio século de sua lendária conquista, Edmund Hillary já faz parte da história do Nepal. Diz ele que apenas devolveu às pessoas toda a ajuda que recebeu na montanha. Modéstia à parte, seu sentimento humanitário e sua enorme generosidade o colocam num lugar especial na galeria dos heróis do século XX.

Glossário

Crampon – Base de metal com dez ou doze pontas, fixada à sola da bota, para garantir o equilíbrio do alpinista sobre o gelo liso. É um termo francês, de origem germânica, que se tornou jargão montanhístico mundial. No Brasil, alguns costumam usar a forma crampão ou grampão.

Estupa (ou chorten) – torre ou mausoléu erguido para receber corpos de santos. É considerado um centro de orações.

Fenda – buraco ou rachadura na geleira. Pode ficar coberta por fina camada de gelo e ter grande profundidade.

Fleece – tecido leve e confortável,garante o isolamento térmico do corpo.

Gompa – Sala de cerimônias religiosas, que normalmente funciona dentro dos mosteiros, ainda que em muitos casos seja construída sem que exista por perto organização ou entidade religiosa.

Gore-tex – tecido poroso, corta vento e resistente a temperaturas extremas.

Jumar – Dispositivo mecânico que fica preso à corda e se encaixa na mão do alpinista. Quando é movimentada para cima, a peça desliza e ajuda a ascensão do escalador; para baixo ela trava, garantindo a segurança.

Lodge – Abrigo de montanha rústico, que consiste apenas em cozinha, refeitório e quartos. Não tem calefação nem privadas internas.

Mani – Pedra com inscrições sagradas.

Mosquetão – Peça de metal que prende o alpinista aos equipamentos de segurança.

Namastê – Saudação nepalesa que significa "o divino que existe em mim saúda o divino que existe em você". É usada como sinônimo de bom-dia, boa-tarde ou boa-noite.

Parca – Blusão "corta-vento", impermeável, que evita a entrada de gelo, neve ou chuva, e mantém o tórax seco e quente.

Piqueta – Espécie de machadinha para escalada, com pontas de aço, cujo cabo também termina em ponta. Serve como apoio para o corpo no gelo. Muitos preferem usar o termo francês *piolet.*

SADHU – Homem santo, que abandona a família e passa a morar na rua. Vive de esmolas e reza o tempo todo em busca da evolução espiritual.

SARDAR (ou *sirdar*) – Chefe da equipe de carregadores e cozinheiros nepaleses.

STICK (ou bastão de caminhada) – Haste de metal extremamente resistente, que serve de apoio para caminhar e é regulável de acordo com a altura da pessoa. Pode ser usada em par ou apenas uma peça.

TACTEL (ou supplex) – microfibra que une o conforto do algodão com a eficiência dos tecidos sintéticos. Não retém umidade e seca rapidamente. É leve, resistente, corta o vento e tem pouco volume.

Bibliografia

Airton Ortiz. *Na estrada do Everest*, Rio de Janeiro, 2000.

Apsley Cheerry-Garrard. *A pior viagem do mundo*, São Paulo, Companhia das Letras, 2000.

David Breashears. *Alto risco*, São Paulo, Manole, 2001.

Hugh Finlay. *Nepal – packs, peaks & palaces*. 5th edition, Lonely Planet Publications.

Jochen Hemmleb, larry A. Johnson, Eric R. Simonson. *Fantasmas do Everest*, Companhia das Letras, 2000.

Jon Burbank. *Culture Shock! Nepal*, Portland (EUA), Graphic Arts Center Publishing Company, 1998.

Jon Krakauer. *Sobre homens e montanhas*, São Paulo, Companhia das Letras, 1999.

_____ *No ar rarefeito*, São Paulo, Companhia das Letras, 2000.

Luciano Pires. *O meu Everest*, São Paulo, Geração Editorial, 2002.

Marcus Vinicius Gasques. *Montanha em fúria*, São Paulo, Globo, 2002.

Maurice Herzog. *Annapurna*, São Paulo, Companhia das Letras, 2001.

Reinholk Messner. *All 14 Eight Thousanders*, Inglaterra, The Crowood Press, 1993.

Ryohei Uchida. *Trekking Mount Everest*, São Francisco (EUA), Chronicle Books, 1991.

Thomaz Brandolin. *Everest: viagem à montanha abençoada*, Porto Alegre, L&PM, 1993.

Waldemar Niclevicz. *Tudo pelo Everest*, São Paulo, Saraiva, 1994.

Publicações consultadas

Carta Capital, *Época*, *Folha de S.Paulo*, *IstoÉ*, *National Geographic* Brasil, *Viagem e Turismo*, *Veja* e *Altair* (Espanha).

Vídeos assistidos

Além do Everest, *Alcançar o inatingível*, *O outro lado do Everest*, *Resgate na montanha*, *Everest – 50 anos depois* e *A altura da coragem*, todos produzidos e veiculados pelo National Geographic Channel em 2003.

Everest, a conquista brasileira, Sagarmatha, 1995.

Esta obra foi composta
em Minion e Copperplate impressa
pela Bartira Gráfica e Editora S/A
sobre papel Pólen soft 80 gr.
e capa em Supremo 250 gr.,
distribuído pela Nova Mercante
para a Sá Editora
em outubro de 2004.